VTuberなんだが配信切り忘れたら伝説になってた

七斗 七

ファンタジア文庫

3086

口絵・本文イラスト　塩かずのこ

プロローグ

「皆様、本日もご清聴ありがとうございました。次もまた淡雪の降る頃にお会いしましょう」

：乙

：今日も楽しかったよー！

：淡雪が降る頃って言っても、最近毎日配信やってるよな。頻度しゅごい……

：毎日淡雪降ってるんだろ、察しろ

：淡雪が毎日は優しい異常気象

流れるコメントが一通り止まったところで配信を切る。

「ん？」

どうやらＰＣの調子が悪く若干固まってしまったようだ。

「もう……」

カチャカチャとクリックを繰り返してみるが、どうも反応しない。

ＰＣにはあまり強くないのでこういう時の正しい対処法が分からない。

「お」

なんかよく分からんがとりあえず配信画面は閉じられたようだ、よかったよかった。

「はぁ」

ため息と共に席を立ち、一人暮らしのアパートの中を歩き冷蔵庫へと向かう。

それと共に完全に頭の中が心音《こころね》淡雪《あわゆき》から二十歳無職の一般女性、田中雪《たなかゆき》へと切り替わる。

……そう無職だ。大学生でもないしバイトもしていない生粋のＮＥＥＴ。

……そんな白い目で見ないでください、ちゃんとした理由があるんです。

高卒で入社した会社がまさかの純度100％のブラックで毎日ぼろ雑巾のように酷使される日々、死んだ目で毎日を過ごしていた社会人生活だった。

そんな中、唯一心の支えだったのが、最近になって一気に勢力を増し、今では国内トップクラスのVTuber運営会社となった『ライブオン』の華やかなVTuber達だった。

一人ひとりが色の濃すぎる世界を展開するそのカオスな世界に私は一瞬で魅了され、ただでさえ少ない自分の時間を削ってでも日々視聴を続け、次第に生きる希望といっていいほどのめりこんでいった。

そんな精神をすり減らしながらなんとか安い給料で生き繋《つな》いでいた私だったが、働きすぎで最早《もはや》ダークホールのようになった私の光なき目に一点の光を灯《とも》すニュースが舞い降りてきた。

《ライブオン　三期生ライバー大募集‼》

正直無理だと思った。

実際緊張しすぎて面接のとき何をしゃべったのか未《いま》だに思い出せない。

だがこれも神のいたずらか、なぜか本当に受かってしまった。

新たに与えられたのは心音淡雪というもう一人の私。

女性としてはなかなかの長身に背中まであるストレートの黒髪、真っ白な肌、そして奥に得体のしれない『なにか』を感じるハイライトの薄い紫の目。更にこの美麗かつミステリアスなビジュアルを際立《きわだ》たせるのは、身を包んでいる白と青が違和感なく調和した高貴なドレス衣装。

担当のマネージャーさんからは雪さん本人をモデルにしてイラストレーターさんに書いていただきましたと言われた。とても私はこんな美人ではないと思うのだが……。

ちなみに勤めていた会社は三期生に合格してすぐやめた。

流石《さすが》に早計じゃないかお前と言いたくなる人もいるだろうが、VTuber活動は忙しいからね、仕方ないね。

……嘘《うそ》です。ごめんなさい。これ以上あのブラック環境で働くのはクソ雑魚《ざこ》メンタルの私には無理でした……。

でもこれからはVTuberとして配信いっぱいして人気も出てやがては収益化でうはうはだヒャッハー‼

そんな欲丸出しの夢物語が実現できると思っていた時期が私にもありました。

はっきり言うが人気が出ない。まじで出ない。収益化以前の問題である。

もうデビューから3ヶ月程経《た》ったが、同じ時期にデビューしたライバー達と比較してもチャンネルの登録者数や配信に来てくれる人は半分以下だ。というか時間が経つにつれ離されてきている。

先ほどNEETといったが、企業VTuberじゃNEETじゃなくねと思った人もいるだろう。

だが否、ライブオンはライバーが貰《もら》うスパチャの取り分は多いが固定給などはない。つまり今の私はまじで収入が何一つないのだ。今は何とか会社勤め時代に貧乏癖で貯《た》めていた資金を崩しながら生活している。

「やっぱりパンチが足りないのかなぁ……」

マネージャーさんからは雪さんはもっと素の自分を出していいんですよ！　とよく言われるが一体私に何を求めているのだろうか？

というか素を出していいってどういうこと？　私の素をなんで知ってるの？　まさか面接のとき私なにかやらかしてる？

色々と考えていたら頭が痛くなってきた。そろそろ貯金も底が見えてきたしで精神的にもきっつい。

そんな追い詰められた私を癒《い》やしてくれるものが実はVTuberの他にもう一つ、この《冷蔵庫》に隠されている。

「もうこれがないと生きていけない体になってしまった……」

この酔うことだけを徹底的に追い求めた魔の飲料……これを飲めばその瞬間は疲れを忘れられる……。

そう、スト○ングゼロだ！

「ぷはぁー‼」

配信をしていたデスク前に戻り、きんきんに冷えたストゼロを体に流し込む。

あぁ、なんかもうおいしいのかどうかも分からなくなってきたけどこれがないと一日を終わらすことができないところまできてしまった……。

もともとそこまでお酒に強くないのもあってすぐに酔いが回ってくる。

安いうえにすぐ酔えるなんてストゼロは最高やで！

あー、いいね、なんか気分良くなってきた。

この内なるパワーが解放されていく感じ、たまらない。

「まじたまらないわ。この一本の為《ため》なら地下帝国建設の為に法外な賃金で働かされてもいい。カ○ジくんはビール飲んでたけどストゼロはないんかな？」

ＩＱ３レベルの独り言を言い始めた私に、最早普段お嬢様口調でしゃべる淡雪の面影はどこにもない。

そのままノンストップで飲み続け、あっという間になくなる350 ml缶。

だがこの程度では満足できない体になってしまっているのが今の私だ。

手をかけるは冷蔵庫から一緒に持ってきていたもう一缶。

しかも……。

「うひゃー！　やっぱロング缶のなる音は最高だぜぇ‼」

そう、酒に飢えたものが手を出す悪魔的発想、ロング缶だ。

またごくごくと派手に喉を鳴らす雪。悲しいけどこの女、普段お嬢様口調で話す清楚《せいそ》系VTuberなのよね。

「よっしゃ！　同期の配信みるどー！」

ほどなくしていい気分になったので、同期のライバー『祭屋光《まつりやひかり》』ちゃんの今日の配信がアーカイブで残っていたので見始める。

光ちゃんは実際会ったことはまだないが、こんな配信でうまく目立つことのできない私にもデビュー当初から優しくしてくれるマジいい子、天使、しゅき。

かなり小柄で見ているこちらまでつられて笑ってしまいそうになる満開の笑顔が特徴なアバターを持つ、活力溢《あふ》れる十六歳。そして何より見た目とマッチした明るさ爆発の配信内容はさながら名前の通り祭りのよう……。

コメントもよく拾い、けなげにVTuber活動に取り組む姿が好評を得て、今では三期生の中心的存在になっている。

何回かコラボしたこともあるのだが、もう何というか、純粋無垢《むく》を体現したような子でマジで母親になりそうになる（真顔）。

「わたしがママになるんだよ！」

これも癖なんだがどうも私は酔うと独り言が多くなるらしい。というか頭に思い浮かんだ言葉が脳内のすべてのフィルターを無視して口から出る。

元々人見知りだから誰かとお酒を飲むなんて滅多にない為、問題になったことはないとはいえ危険だ。

まぁそれでもストゼロやめられないんだけど！　でもストゼロやめられないんだけどまじで！

「ぎゃはははははは‼」

配信を見ながら品のかけらもない爆笑を続ける私。

配信内容はゲーム実況で、プレイしているゲームは性剣伝説《ウィンナーレジェンド》。フォークに刺さったウィンナーとウィンナーがぶつかり合いながら対戦するという最早製作者の狂気を感じるゲームだ。

というかゲーム内容がゲーム内容なのでプレイヤー名に下ネタが多い。

「卍《まんじ》ル武《ぶ》社《しゃ》亜《あ》は草ですわwwwwwwww　もうウィンナー関係ないやん　wwwwwwww」

完全に頭がハイになっている今の私にはどんな低俗なネタであっても面白いものは面白い。

あぁ、しかもこの配信のやばいところは配信者の光ちゃんがそういう下ネタの知識に乏しすぎて明らかに分かるネタ以外はそのまま口に出して読んでしまうことが多いところだ。

完全に紳士ホイホイ。

「は？　どちゃしこなんだが？　光ちゃんのママ貴方《あなた》の配信見てどちゃしこなんだが？」

そんなこんなでずっと爆笑続きで光ちゃんの配信が終わった。やっぱ光ちゃんの配信は最高やな！

すごいなぁやっぱ光ちゃん。人気が出るのも分かる、出ない理由がない。

それに比べて私は……。

「……時間も時間だしちゃみちゃんの配信でも見て寝よ」

午前2時を回って現実を痛感して悲しくなったので、もう一人の同期ライバー『柳瀬《やながせ》ちゃみ』のアーカイブを見る。

ちゃみちゃんは他のライバーさんと少し方向性が違って、普段は様々なasmr配信をメインにしている。

非常にわがままなボディーの金髪ショート碧眼《へきがん》お姉さんがするasmrはいいぞ。

気持ち低めの作っている感が薄い声がものすごく眠気を掻《か》き立《た》てる為、睡眠用としては右に出るライバーはいないだろう。

今日は耳かき配信のようだ。酔いもあって爆睡間違いなしだろう。

「ああやば、この配信の中毒性はストゼロといい勝負やで」

すぐに激しい睡魔がやってきて、私はあっという間に熟睡してしまう。

「ぐぅ…………」

けたたましく鳴り続けるスマホには一切気が付かないまま………。

瞼《まぶた》が晴れた朝の焼くような日差しにさらされて眠りから覚めた。

「…………ううう、おえええ………」

ああ、やば、今にも吐きそう。ストゼロは飲んでるその時は楽しいけど朝の二日酔いが最悪なのどうにかしてくれないかな。

まぁ飲むのやめないいんですけど。

もうこんな朝毎日のことだから。朝は地獄を見るって私の体では決まったことだから、ルーティーンだから。

今更変える方が体に毒なんですよ、はい。

もしこんなことを配信で言ったら、コメントが「は?」で埋まるんだろうなぁ。

まぁそんなこと一生ないだろうけど、配信中は清楚を心掛けてるから飲酒なんてしたことないしー。

のそのそと水でも飲みに行こうと体を起こそうと思ったところで、こんな朝早くからスマホの着信音が鳴り出した。

「ぁ?」

どうやらマネージャーの鈴木さんからのようだ。

鈴木さんは今年で二十四歳になるライブオンの中では若手の女性マネージャーさんなんだけど、面倒ごとにも正面から当たっていって解決していく真っすぐな性格からマネージャーの地位に昇った、ライブオンの出世頭筆頭とも言われているやり手の社員さんだ。

常に私が配信活動に専念できるよう私生活から気にかけてもらっていて、もう足を向けて寝られない存在だ。

本人から聞いたのだが、私のマネージャーは自分から志願したらしい。

なぜ志願してくれたのか聞いてみたら。

『いや、私じゃなければ雪さんの本気についていけないと思いまして』

と訳の分からないことを言われた。鈴木さん見た目も態度も体育会系っぽい感じだしインドアの私には分からないなにかがあるのかな?

「あ゛い」

「あ! 雪さん! よかったやっとでてくれた!」

ん？　どうしたのだろう？　一切気力のない掠《かす》れた声で電話に出た私とは違い鈴木さんは声を聴くだけで分かるほどあからさまに焦《あせ》っている。

「あの、一体なにがあ」

「し！　静かに！　個人情報が洩《も》れるとだめなので今から雪さんはできれば一言も喋《しゃべ》らないでください。そして今から私が喋る内容をできるだけ動揺せずに受け止めてください」

「え？」

私の話を強引に切ってまでそう言った鈴木さん。

個人情報……明らかに危険な香りがするワードに眠気が一気に吹き飛ぶ。

え……私もしかしてとんでもないことを自分の知らぬ間にやらかしてる？

「いいですか、落ち着いて聞いてくださいね？　………配信を切ってください」

配信を切ってください。

配信を切ってください。

配信を切ってください。

同じ言葉が頭の中をループする。

配信の切り忘れ……最悪の場合個人情報の流出などに繋《つな》がるため、VTuber が最も気を付けないといけないことの一つである。

そしてこれには実はもう一つ悪魔的な面が隠されている。そして幸か不幸か、私は非常に膨大な時間をVTuberの配信に費やしてきたため、その答えを知っていた。

そう、もし危険な情報の流出がなかったとしても、切り忘れるとほとんどの場合ほぼ素の状態を視聴者に見られることになってしまう。

ただでさえ自分のキャラクターというアバターをロールプレイしているVTuberだ。素の姿を視聴者に見せる機会は極端に少ない。

つまりそのレアな姿を晒《さら》すということは………。

視聴者からおもちゃとしていじられまくることになるのだ。

「ツッツ⁉」

一瞬で脳裏に浮かぶ昨日配信を終わろうとしたときのＰＣの不調。

だっとあふれ出す冷や汗と共にもう一度ＰＣの配信画面を開いてみる。

するとそこには………。

：おは！　みてるー？

：ストロング飲酒配信よかったゾ
：普段とギャップありすぎて最早《もはや》ギャップ萌《も》えを超越した新しいなにかを感じた配信だった

：もう淡雪じゃなく完全に吹雪って感じだったなwww
：よし、今こそ俺と共に光ちゃんのママとなりどちゃしこする時だ
：同期のasmr配信をストゼロと比べた女
：俺は今、間違いなく伝説を見てる
：間違いなくVTuber界の歴史に残る配信だった
：どうして清楚を名乗るVTuberはこうもやベーやつが多いのか
：爆笑しまくりでした。なんかこうも飾らない姿見せられると憎めない笑
：それな、一緒にストゼロ飲みたい

「なんじゃこりゃあああぁぁぁぁぁ!?」

思わず叫び散らかしてしまう。

こんな朝にもかかわらず目で追えないほどのスピードで流れるコメント達。

そして何より今までの平均をはるかに超える視聴者数。

よく見るとあれだけ少なかったチャンネル登録者数が同期と並ぶほど……いや、今もとてつもないスピードで増え続けているため超えてしまいそうだ。

あぁ、だめだ頭痛くなってきた。

：トレンド世界1位おめでとー

：パソコンの前でストゼロ飲んだだけで世界をとった女

「世界1位⁉」

慌てて日本1位の人口を誇るSNS『かたったー』のトレンドランキングを見る。

……マジだ信じられないけど日本どころじゃなく世界のトレンド1位に『心音淡雪』の名前、少し下に『切り忘れ』がトレンド入りしている。

ああ…………なんかもう…………。

「いやぁ流石《さすが》は雪さんですね。面接を見たときから一体いつ爆発するのかと覚悟を決めていたんですがまさか切り忘れからとは。斜め上からの攻撃、流石です。これから私もいっそう頑張ってサポートしますね！」

色々ありすぎて鈴木さんの言葉が頭に入ってこない。

あぁというか二日酔いの気持ち悪さと頭が処理しきれない情報量で気分が悪くなってきた。

「う…………う…………」

あ…………これやば…………。

「☆余りにも汚い音の為《ため》自粛☆」

そんなこんなで私は吐きながらもなんとか配信終了ボタンを押したのだった。

ちなみにだがこの配信切り忘れはもちろんのこと、この前代未聞《ぜんだいみもん》の配信の切り方も《ゲロ式配信切り》の名で伝説となったのだった。

第一章

ソロ配信

例の配信切り忘れ事件の後、私は鈴木さんに謝罪の電話をいれた。

ＰＣの不調がきっかけとはいえ世間《せけん》に晒した醜態は完全に私の責任だ。

活動休止と言われても納得したし、むしろその期間で自らの内面のおっさんの如《ご》き悲惨さを正す覚悟や、もはや私の中で生きる過程において血液や水と同じ領域にまで来ていたストゼロを断つ覚悟すらしていた。

なのだが……。

「あ、確かに切り忘れは今後二度と無いようにしてもらいたいですけど、飲酒は全然大丈夫ですよ」

「は？」

待っていたのは予想とは逆の答えだった。

「え、なんでそんな平気そうにしてるんです？　私なにしたか知ってますよね⁉　キャラ崩壊とかのレベルじゃない大事故ですよ⁉　ガンジーが血湧き肉躍るストリートファイトの王者になってたみたいなものだったじゃないですか‼」

「いえ、雪さんのことなのであの程度のこと社内全体で想定済みでしたし……」

「はぁ？」

なに言ってるんだこの会社？　確かにライブオンのライバーは全体的にはっちゃけた性格の人が多いと呼ばれ、よくヤベェ奴《やつ》の溜《た》まり場《ば》や闇鍋とも呼ばれてるライブオンだが、あの大事件をあの程度呼ばわりですと？

「というか三期生募集の面接の時の雪さんはあんなものじゃなかったですよ？　覚えてないんですか？」

「はい⁉　どういうことです⁉　私面接でなにやらかしたんですか⁉」

「え、本当に覚えてないんですか？　私あの時のインパクトが強すぎて現在ですらまともな雪さんに違和感を覚えるのですが……」

面接から3ヶ月ほど経《た》ってるのに⁉

「というか、後のギャップを狙って清楚《せいそ》を演じてたんじゃなかったんですか？　私完全にそう思ってました」

「違うわ‼」

「でも私の中では雪さんは範《はん》〇勇次郎《ゆうじろう》、江《え》〇島平八《じまへいはち》と並ぶはちゃめちゃな人なんです」

「ええぇ………」

緊張からなにをしたのか全く記憶になかったが、大事な場面でなにをやってるんだ私……。

でも同時にずっと謎だったなぜ私が面接に受かったのかも分かったぞ。

ライブオンのやつ私のこと超ド級の危険物だと感じて面白そうだから採用しやがったな‼

「いや、よくもまぁそんな見えている地雷を採用しようと思いましたね……」

「いや、かなりこちら側も悩んだんですよ？　ですがライブオンは《輝ける人》がライバーの採用基準です。それを雪さんにも感じました」

「今の私輝きどころか淀《よど》みきった泥水だと思うんですが」

「いえ、輝いてますよ。今心音淡雪というキャラクターは注目の的です。確かにインパクトがありすぎたため批判的コメントも少々見られますが、炎上というレベルではありません」

確かにそれは私も意外に思っていたことだ。

実はあの後恐る恐るエゴサをしてみたのだが、いじるような発言は山ほどあったが中傷ととれるような発言は意外に少なかった。むしろ多いのは面白半分かもしれないが次の配信を望む声だ。

「それが意味するのは、仮令《たとえ》どんな面であったとしても多くの人が雪さんに注目し、興味を持ち、魅力を感じているということです」

「そう……なんですかね？」

「そうでなければ次の配信なんて待ち望みませんよ。今度から雪さんの配信は私が全て見るようにするので、本当にまずいと思ったときは私が止めます。なので一回殻を割ってみませんか？」

「殻を割って……」

「きっと悪い結果にはなりませんよ。というよりもう戻れないところまで来てるんじゃないですか？　次からまた清楚配信に戻ったら違和感天元突破ですよ」

「グッ！」

痛いところをついてくる……。

結局それっきり鈴木さんは仕事に戻るとのことで電話は終わってしまった。

「わっ⁉」

電話が切れてから1分も経たないうちにまた次の通話の着信音が鳴り出した。

かけてきたのは……光ちゃんだった。

うっわぁ気まずいぃぃぃ。

でも出ないわけにいかないよね……。

よし、覚悟を決めよう。

「も、もしもし？」

「あ！　淡雪ちゃんおはよ！　そしておめでとー‼　めっちゃバズってるね！　世界一だよ世界一！　普段の淡雪ちゃんってあんな楽しい人なんだね！　なんか飾らない感じでこっちまで楽しくなっちゃった！」

「あ、あはは……」

普段と変わらない声色で元気いっぱいに祝福してくれる光ちゃん。

これは新手の煽《あお》りではなく本当に心からの祝福だろう。デビュー当初からの付き合いだから分かる。

光ちゃんは本当に配信外でも配信中とほとんど変わらない。常に明るく前向きだ。

あれ？　これもう裏表だったら誰にも負けない私の対義語じゃね？

「あ、あとね、一つ気になったことがあったの！」

「え、なにかな？」

「さっき気になって切り抜きされてた動画を見たんだけどね」

「うんうん」

当たり前のように切り抜かれてて草。

「光の配信見てくれてるときに淡雪ちゃんがいってた《どちゃしこ》って言葉が気になってマネージャーさんに聞いてみたの！」

「え」

「そしたらマネージャーさんが、光のことを最高に魅力的ですねって言ってるんだよって教えてくれたんだよ！」

おい光ちゃんのマネージャーなにしてやがるうううぅぅ⁉

絶対悪乗り入ってるだろ！　絶対教えてるときニヤニヤしてただろ！

「もう！　照れるなーふへへぇ！　またコラボしようね、バイバーイ！」

最後に嵐のように私の心を乱して去っていく光ちゃん。

あぁ、当たり前のことだが、もう同じライバーにも私の本性が知れ渡っているという事実にがっくり。

その後もちゃみちゃんを始めとした同じライブオンのライバーから同期先輩問わずチャットや通話が届き、皆に共通して言われるのは素の姿を見られて面白かったや嬉《うれ》しかったという感想。

今考えてみると、私は今まで素の自分を隠すことでどこか皆から距離を置いていたのかもしれない。

あぁ、なんか色々考えてるともうこのまま自由に生きてもいい気がしてきた。

そんなこんなで現在の私は――

「行くか……」

プシュ！（プルタブを開ける音）

なんかもう考えてもよく分からないんで吹っ切れることにしました！

「おっしゃー配信始めるどー！」

：キタ――（゜∀゜）――

：世界1位の配信だぞ！

：開幕始めるどーで草

：え、だれ？
：開幕からもう振り切れてて草
：これが噂《うわさ》に聞いたストロング吹雪の配信ですか？
：プロレスラーかな？
：全く反省の色がないｗｗ
今まで見たことない速さで流れていくコメント欄。
あぁ、ええやん！　これはストゼロ三缶目並みの快感ですわ。
「いやー反省はまじでしてるのホントに。もう切り忘れは一生しない！　皆にもごめんなさい！」
：あれ？　中の人変わったのかな？　俺の知ってるアバターなのに違う人が喋《しゃべ》ってる！
：のっとりじゃね？
：確かに乗っ取られたな、ストゼロに
：あの時の音ソムリエを名乗るただの酒かすリスナーが魅せた開封音ストゼロ特定からの本人の地下帝国発言で確定のムーブは爆笑した
：酒に関してはもう反省してないんすか？
「勿論《もちろん》お酒に関してもやめるつもりだったけど、なんか運営が怒ってないみたいなんで私はもう知らん！」
：運営が病気
：相変わらずで草、運営の時点でカオスなんだから集めるメンツもそりゃカオス
：結論、ライブオンはライブオンだった
：てかこれもう既に酔ってるんじゃね？
「は？　当たり前やんもう一缶目空やで？　素面《しらふ》でこんな大勢の前に出てくる勇気クソ雑《ざ》魚《こ》メンタルの私にあるわけないやんロング缶あーけよ」
：ぷしゅ！　じゃねぇんだよなぁ www
：クソ雑魚（清楚）
：強い（確信）
：おいマジで飲み始めたぞ！ ww
いい感じに頭の働きが止まってきたところにとどめを刺すロング缶。
あぁ、私今最高に充実してる！
「ごくっ、ごくっ、ごくっ！　んんんぎもぢいいいいぃぃぃ‼」
：あれ、もしかしていけないお薬決めてます？
：まぁ間違いではない

：飲んでる音はうまそうだったけどその後の奇声で目が覚めた
：信じられないだろ？　この飲みっぷりで切り忘れを除けば配信中初めての飲酒なんだぜ？

：僕の清楚《せいそ》な淡雪ちゃんを返せ！

「は？　清楚だが？　見ろこのおしとやかな表情を」

淡雪のアバターの顔に大きく画面を寄せる。いわゆるガチ恋距離だ。

今まではこれをすればコメント欄がかわいいや綺麗《きれい》の素晴らしいコメントのオンパレードだった。

なんだけど……。

：自分のことを清楚だと思っているストゼロ中毒者
：普通に酒臭そう
：この配信の一本前までがお嬢様口調でしゃべる癒《い》やし系配信だったってマ？

阿鼻叫喚《あびきょうかん》となっているコメント欄が今の私には面白すぎる。

ああ、今までも楽しかったけど、今日ほど配信を楽しいと思えたことないかも。

あぁ、ありがとうストゼロ……あなたは私に癒やしだけじゃなく楽しみまでくれるのね……。

惚《ほ》れた。

「私ストゼロと結婚するわ」

：草www

：は？

：は？

：配信中に結婚宣言をしたVTuberがいるってマジ？

：伝説しか作れない女

：光ちゃんにどちゃしこと言った件についてなにか釈明はありますか？

「は？　私無知シチュ大好物なんだが？　あんなんシコらん方が失礼やろ」

：おい誰かこいつの口を塞げ、口開くたびに爆弾出てくるぞ！

：シコる（迫真）

：腹痛いwww

「むしろ男なら女性に魅力を感じたときはその場でシコるべき。真っすぐで正直な男が女は好きなんだよ」

：一理ある

：ねぇよw

：じゃあ僕が淡雪さんと会ったとき迷わずシコりながら告白します！

「絶対やめろよ通報するぞ」

：なんだこいつ
：一切脳のフィルター通さずに喋ってそう
それからしばらくこんなテンションのノリで雑談を続けた。

今までと違い完全に素の私での配信。

そのなんともいえぬ解放感に、私は徐々に魅了されていき、作り笑いではない心からの笑いも増えていった。

ああ、長いブラック勤務とNEET生活で完全に忘れていたけど、誰かと話すってこんなに楽しいことだったんだなぁ……。

時間と共に段々とボルテージが上がってきたコメント欄に私もご満悦だった……のだが。

突然風向きが変わった。

：ちょま、二期生来てるやん笑
「え？」

ライバルの同業者がしのぎを削る中、今では超大手として日本のVTuber運営のトップを走っているライブオンという企業。

だがどんなに強大な生物でも生まれたときは弱く小さい赤子。

ライブオンも最初はたった一人の女性ライバーから始まった。

しかも彼女はあくまでもうまくアバターが動作するかどうかのテストという目的で生まれ、担当した中の人もまだ小規模の企業だったライブオンの少ない社員から選ばれた。

言ってしまえば試作品。なので当たり前だがお世辞にも出来がいいとは言えないセーラー服姿に黒髪ショートの特徴のないキャラデザインと、ところどころで粗が見える不自然な動作で、彼女はネットの海に一人で放たれた。

ビジュアル面だけで見れば明らかに人気の出る要素はゼロ。初の配信の時は、最初10人の同時接続者すらいなかったらしい。

だが赤子とはいえ能力がない訳ではない。天賦の才を持つ彼女は生まれながらにして周囲を圧倒して見せた。

歌配信では、一度聴いたら忘れる人などいないであろう聞く者の心揺さぶる力溢《あふ》れる歌声で――

雑談配信では、一体どんな人生を歩んできたらそんな膨大な知識や奇抜な発想が思い浮かぶのかと聞きたくなるような鬼才を発揮し――

ゲーム配信では天が味方しているとしか思えないクソ雑魚運を存分に発揮して視聴者を

爆笑の渦に飲み込んだ——

今ライブオンに所属しているライバーは、全員少なからず彼女の影響を受けているといっても全く過言ではないだろう。

期待された存在ではなかったにもかかわらず、ライブオンだけでなくVTuber業界全体に激震を与え、企業ライブオンの成長の架け橋となった少女。

それがライブオン唯一の一期生であり、未《いま》だにライブオン所属ライバーの中でチャンネル登録者数トップ『朝霧晴《あさぎりはれる》』だ。

そして彼女が広めたライブオンの人気を決定的にしたのが、全員がそれぞれ個性の塊とも呼んでいい三人の選ばれし二期生たちだ。

一人目は深紅の腰まである真っすぐな髪に１８０を超える圧倒的長身のすらっとした体。頭部には小悪魔チックな角を生やし、衣装はその恵まれた体格を惜しみもなく露出させている。

まるで悪の女幹部のような危険な色香を放つそのビジュアルから一体どんな性格なのだろうと期待を膨らませた視聴者たちを、初配信から元百合もの専門のｓｅｘｙ女優であることを暴露からの好きなｓｅｘｙ女優とおすすめ百合ＡＶを語りだしドン引きさせた『宇《う》月聖《つきせい》』先輩。

その豪胆さとはっちゃけ具合に当時VTuberにドップリつかっていた私も大爆笑したのを覚えている。

二人目は茶トラ模様の猫耳と尻尾が生えている小柄な獣っ娘に衣装はファンタジー作品の制服風という可愛《かわい》さ全振りのビジュアルだが、異様にクソゲーとクソ映画を好むネットでの通称が《汚物ジャンキー》の『昼寝ネコマ』先輩。

ネコマ先輩はなぜか国内国外問わず素晴らしい作品が溢れているゲームと映画の業界において、人類史の汚点とも呼べるような酷《ひど》い出来のものを好み、面白おかしく解説する配信をよく行っている。

勿論ゲームプレイも行っており、《絶対に笑ってはいけない四〇（仮）を全力で感情込めて朗読プレイ》は私もお腹《なか》が捩《よじ》れるほど笑ったのを覚えている。

そして二期生最後は今まで紹介してきた癖の強すぎる三人をたった一人でまとめ上げる逸材、『神成《かみなり》シオン』先輩。

シオン先輩の個性は人の感情が見えているんじゃないかと思ってしまうほどの洞察力だろう。

常に視聴者の期待に応えるどころか一歩超える対応を見せ、圧倒的な安定感と面白さを持つ配信は最早《もはや》名人芸だ。

特にコラボでは司会などの進行役で存分にその存在感を発揮し、集まると大抵どうしようもないカオス空間が出来上がるライブオンメンバーもシオン先輩がいればそれだけで安心だ。

九尾《きゅうび》の狐《きつね》を身に宿した巫女《みこ》という設定があり、ビジュアル面もぴょこんと立った狐耳に九本の尻尾、神秘的な巫女服にどこか儚《はかな》げの垂れた目元、肩にかかる長さでスパッと切られた黒髪、極端さのない自然な体形などから癒やしオーラ満点である。

最近では《ライブオン界のママ》とも呼ばれ始め、本人もかなり乗り気で武器にしている。強力な武器も手に入れてもう手の付けようがない存在だ。

さて、長々と説明してきたわけだが、まぁ言いたいのは全員私にとっては神に等しい存在だってこと。

それでまぁ……。

〈宇月聖〉：同族の気配を感じ取ったので参上したわ

〈神成シオン〉：やっぱり貴方《あなた》もライブオンだったんですね……

この神様のうち御二方がコメント欄に降臨なさってるんですねぇ！

実は前に何度か後輩思いの先輩がコメント欄に来てくださることはあった。

だがそのたびに極度の緊張状態に陥り、たじたじな会話しかできなくなって配信をグダグダにしてしまっていた。

なにを喋《しゃべ》っていたのかまでは覚えていたので、恐らくだけどあの緊張状態から更に臨界突破すると、三期生募集の面接のときの様な私になってしまうと思う。

それが今回は同時に二人登場、こんなの初めてのことだ。普段の私だったら臨界突破間違いなしだっただろう。

まぁ……。

「聖先輩、シオン先輩。ずっとずっと大好きでした。S〇Xを前提に結婚してください」

今の私は臨界どころか天元突破してるんですけどねー‼

：は？

：は？

：熱烈なプロポーズを決めたストゼロを僅か数分後に捨てた女
：お前精神状態おかしいよ……

：清楚はS〇Xなんて言わない
：いや待て、言葉の文脈をよく見ると婚前性行はしていないぞ！　これはまさか清楚なのでは？

：やっぱり清楚じゃないか！

先ほどの私の愛の性行為前提プロポーズ発言から、爆発的な盛り上がりを見せ始めるコメント欄。

あーやばい、憧れだった先輩方の登場でテンション最高潮だわ。

「だってさ？　目の前に大好きだった配信者がいるんだよ？　私の生きる糧《かて》だった人たちだよ？　普通S○X申し込むでしょ」

：QED　証明完了

：証明できたのはストゼロ中毒者の末路だけなんだよなぁ

：ストゼロを飲んでいる＝嫁と体液を絡《から》ませ合っている＝S○X。つまり、嫁とS○Xしながら先輩二人にS○Xを前提とした重婚を持ちかけているということか。なるほどなぁ

：……

：極めてなにか生命に対する侮辱を感じます

：やらかし直後の配信で先輩に百合3P誘った奴《やつ》がいると聞いてきました

：奇遇だな、俺もストゼロという嫁がいるのに同輩でシコって、尊敬すべき先輩二人に粉かけるVTuberがいるという似たような情報を摑《つか》んできた。微妙に違うけどどっちが正解かな？

：どっちも正解なんだよなぁ……

：草草の草

：これぞVTuber界の清楚《せいそ》ですわ……

「もう、みんな好き勝手言いすぎじゃない？　私はさっき言った真っすぐで正直な人が女の子は好きって言ったのを身をもって実行してるだけなのに！」

：有言実行の女、やっぱりピュアで清楚じゃないか！

：そんなことしなくていいから

：てかこれ二期生の二人どう思ってるんやろwww

：初手性交渉デッキは、あらゆるデッキの中で最も早い速攻型のデッキであるが故に、後先考えないため相性如何《いかん》によっては諸刃《もろは》の剣である

：さぁ、先輩との相性は――どうだ!?

：ごくり……

：ドクっ…ドクっ…ドクっ……（心拍音）

〈宇月聖〉：…………ぽっ

：きまったあああぁぁぁぁ!!

：まさかの聖様に効果抜群だあぁぁぁぁ!!

：まじかこれ！　俺も明日好きな女の子にS〇X懇願プロポーズしながら目の前でシコる

わ!!
：へいポリスメーン？
〈神成シオン〉：なにこの流れ……
：シオンママ大困惑で草
：困惑しない方がおかしいんだよなぁ
「ふっ、これが淡雪の力だ。UC流しときます」
：なんでこのストゼロこんな誇らしげなの？
：とうとう人とすら認識されなくなってて草
：君が決闘しないといけないのは一般常識なんやで
：てかこれあれか？　もしかして性様と淡雪ちゃんって相性抜群なのか？
：混ぜるな危険……と言いたいがその可能性高いな。
性様というのは聖先輩の愛称のようなものだ。普段から視聴者や同期からその威風堂々な配信内容から様付けで呼ばれている聖先輩だが、特に紳士的な内容の話を始めたら性様と呼ぶ人が増える。
〈宇月聖〉：ときに淡雪君、君に聞きたいことがあるんだがいいかな？
「はい？　なんですか聖さ……聖先輩？」

〈宇月聖〉：おっと、淡雪君も聖様と呼んでくれていいんだよ？

「まじですか⁉　嬉《うれ》しいです！」

ライブオン内では基本的に先にデビューしている人には最初は先輩呼びが推奨されている。

今までは気を遣って本当は聖様呼びしたくても言い出せないでいた。

それがほら見たことか！　ストゼロを飲めば一発解決！　皆もストゼロをすこれ。というよりストゼロでシコれ、ストニーしろ。

「それで聖様、聞きたいことって何です？　スリーサイズですか？　性感帯ですか？　聖様の為《ため》だったらなんでも答えますよ？」

：てぇ……てぇ…？　………てぇて……

：エ……エ？　……エェ……

：メンツがメンツなせいでどうしても辿《たど》りついてなくて草

〈宇月聖〉：まぁそれは配信外で聞くとして

：ちゃっかり聞くんだな笑

：性様だからな

〈宇月聖〉：話を戻そうか、聞きたいことというのはね、君の好きな百合AVのシチュエ

ーションを教えてほしいんだ
〈神成シオン〉：(ﾟДﾟ)
「片方の女優さんが明らかに百合プレイを嫌がってるのとか好きです」
〈神成シオン〉：(ﾟДﾟ)
〈宇月聖〉：よし、今度コラボ決定ね、ストゼロを用意しておきなさい
「イエス　ユア　マジェスティ」
：大草原不可避
：ほんとこいつら最高だなｗｗｗ
：シオンママ息してるー？
：これがVTuberなんだよなぁ
〈神成シオン〉：そ、その時は監視係として私も参加しますからね！

コメント欄が草で溢《あふ》れジャングルができ、念願の先輩とのコラボが決まったところで、時間も遅くなってきたので配信を終わることになった。

幸せすぎてまるで夢を見ているのではないかと錯覚してしまう程だ。

それもこれも全てストゼロのおかげ……。

だからみんな——

ストゼロをすころう‼

同期コラボ配信

「うぉぉぉおおおあああ‼‼」

昨日のソロ配信から一夜明け、酔いも完全に覚めた私は、案の定一人ベッドに潜りながら悶《もだ》え続けていた。

朝目が覚めたときは寝ぼけていたのと二日酔いもあり、頭が昨日のことを思い出そうとしなかったためちゃんと起き上がれたのだが、いざスマホの電源を付けたときにSNSで流れてきたまとめを見ると――。

配信まとめ

・初手ストゼロキメる
・ストゼロとの結婚宣言
・同輩をそういうことに使うことについて熱く語る
・先輩二人に百合3Pを前提とした重婚を求める
・片方の先輩に百合AVの好みを聞かれて割とやばい答えかたをして両方の先輩とのコラ

ボを取り付ける
・ストゼロおいちい‼
・おいおいやべーわこの女
以上の内容を見て完全に撃沈。もうお昼をまわったが未《いま》だに何も食べず飲まず起き上がらずでベッドで悶え続けている。

こ、このままじゃだめだ、いくら冷静になろうとしても数分ごとに頭をよぎる昨日の愚行のせいでまた再起不能になってしまう！

たすけて……誰か私をこの羞恥から解放して……。

「あ」

ふと頭をよぎった解決策。それは間違いなく今の私を自由へと解放してくれる方法だった。

だが、それは同時に新しい黒歴史を生み出すことがほぼ確定しているという悪魔の誘惑でもあった。

しかもまだお日様が私を見ている、どう考えても手を出してはいけない時間。

あぁでもあの人が私を呼んでいるのが聞こえる、愛《いと》しのあの人がぁ……。

プシュ！

「おっしゃー今日はゲリラコラボ配信やっていくどー!!」
：キタ━━━(゜∀゜)━━━
：プシュ！
：プシュ！
：みんな一斉に缶開け始めてて草
：実質飲み会やん
「おー！　皆飲め飲め！　ちなみに私は今日昼過ぎから飲んでるからもう出来上がってるぞ！」
：えぇぇ（困惑）
：こいつマジ毎回期待の斜め上をいくな
：無機物と同性で重婚宣言したVの者がいると聞いて来ました
：なるほど、これが多様性社会ってやつですね（違う）
：せいその　ほうそく　が　みだれる！
「よぉし盛り上がってきたところでコラボ相手の発表いくどー！　今日来てくれたのはー

『ましろん』だー！」

「どうもこんましろー。ましろんこと『彩《いろどり》ましろ』です。僕は今日『あわちゃん』の配信に来たつもりでしたがストゼロがいて混乱を隠しきれません」

：草

：我が子をストゼロそのもの扱いwww

：おっ！　ましろんやんけ！　前もコラボしてたしほんと仲いいなぁ

：おいましろん、お前の子供グレて日本中を爆笑で過呼吸にしてるぞなんとかしろ！

ましろんは私と同じ三期生で僕っ娘のイラストレーターだ。ちなみに三期生は私、光ちゃん、ちゃみちゃん、ましろんの四人で全員になる。

低めの身長に色白の肌、輝きを放つ銀髪のショートヘア、吸い込まれそうな碧眼《へきがん》をもち、服装も含めて若干中性的な魅力を持つ美少女だシコい。

配信内容としては低めの落ち着いた声で、若干毒舌気味なトークを展開しながらのお絵かき配信が人気を博している。

私とはデビュー直後どころかデビュー前からの付き合いで、コラボも既に何回もしているためコメント欄も二期生が来た時よりは落ち着いている。

なぜそんなに付き合いが深いのかというと、それはさっきのコメントにもあるように、ましろんは私に『体』をくれた母親でもあるからだ。

そう！　ましろんはもう一人の私こと心音淡雪のキャラクターデザインを担当してくれたイラストレーターでもあるのだ！

そういった立場的に自然と仲が良くなり、今ではましろん、あわちゃんとニックネームで呼び合うようになっている。

今日は先輩とコラボが決まってあまりにも気持ちが昂《たかぶ》ってしょうがないので、この気持ちを少しでも発散するために、付き合いの長いましろんに突発的にコラボを申し出たのだ！

「今日はましろんを使って沢山溜《た》まったものを発散したいと思います！」

「いつの間にか同期の慰みものになっていることに驚愕《きょうがく》を隠しきれません。むしろ誰か助けてください」

：いきなりトンデモ発言で草

：この女、今まで清楚《せいそ》ぶって何回もコラボしてきた同期に対しても一切の躊躇《ちゅうちょ》がない

：アルコールから先輩二人の次は仲のいい同期とか見境なさすぎだろ www

：一言でも口を開けば大草原、歩く緑化革命や

：ましろんでもこのストゼロモードは初めて見るの？

「そうだよ、よく今まで隠せてたなって感じだね」

「まぁ今日が特別なだけで普段は配信終わった後の深夜から飲んでたからね。ましろんその時にはもう寝ちゃってたでしょ」

「なるほど。いやぁ、それにしても実際に目の当《ま》たり《あ》にすると想像以上に凄《すさ》まじいね。もうあわちゃんっていうよりシュワちゃんって感じだ」

「シュワちゃん？」

「ストゼロがシュワシュワだからシュワちゃん。そうだ、これからこのモードの君はシュワちゃんと呼ぶことにしよう」

「んー……なんかどっかで聞いたことある気がするけど……まぁかわいいからいっか！」

：シュワちゃんwww

：それでいいのかwwww

：筋肉もりもりマッチョマンの変態かな？

：ストゼロ飲み飲み頭ハイになった変態でしょ

：これは定着する予感

「まぁ前置きはこの程度にしておいて、今日はカステラの返信やっていくど！！」

カステラとは匿名メッセージサービスであり、リスナーから様々な質問などがメッセージとしてライバーに届く。
質問に答えてもらえればリスナーも嬉《うれ》しいし、ライバーも雑談をメインにしている人などは特に配信を盛り上げる為に役立つため、非常にＷＩＮＷＩＮなサービスだ。
「今日は私に来たカステラをメインに返していくよ！」
「皆それを期待してるだろうしねー」
「それじゃ一通目いくどー！」
「どー」
：りょ！
：もうどーは口癖みたいなものなんやな笑
：ましろちゃん諦めてて草
：ましろん強く生きて……
＠今まで一回で飲んだストゼロの最高缶数は？＠
：いきなりストゼロ関連で草
：むしろそれでカステラ埋まってそう
：自分から拾っていくのか……

「これねー、私お酒強い方ではないから普段は一日三本以上は飲まないんだけど、前に勤めてたクッソブラックな職場辞めたときに嬉しすぎて普通の缶一本にロング缶五本の計六本飲みましたね。そのせいで今ニートです」

「草」

：突っ込みどころが多すぎるっピ！
：ニートな時点で初耳なんだよなぁ
：まぁほぼ毎日配信してたからなぁ
：ていうか飲みすぎ……肝臓破壊RTAかな？
：それ次の日大丈夫なんか……？

「いやまじやばいよ。目が覚めて起き上がろうとした瞬間にゲロ吐いて倒れたもん。溺れて死ぬかと思ったわ」

「同期がヤバイ」

：笑っちゃいけないんだろうけど草
：ましろん大困惑
：ゲロで配信どころか人生終わらそうとしたのか（困惑）
：歓喜の祝杯で死にかけた女

：○されかけてもストゼロを愛することをやめなかった女
「いやぁシュワちゃんそれは流石《さすが》にやばいよ？　今日だって昼から飲んでるっていうし、
そろそろ肝臓休めたら？」
「んん、やっぱりそうかなぁ」
「シュワちゃんが体調崩すの、僕いやだな」
：純粋な心配尊い
：なんだかんだ付き合い深いから心配なんやな
：やっぱ好きなんすねぇ！
：愛のある注意すこ
「よし、じゃあ明日は完全な休肝日にしよう！　いいね！」
「でも明日も配信あるし……」
「意地でも毎日配信するんだね」
「やること一つもないニートの一日は辛《つら》いぞ」
：分かる
：完全に同意
：わかりみが深い

::おまえら（泣）
「じゃあ素面で配信したらいいじゃん」
「うーん……」
「今のシュワちゃんも面白いけど、たまにはあわちゃんも僕みたいな――」
「もう！　ましろんにそんなこと言われたらやる以外ないじゃん！」
「ありがと！　それじゃこれからは定期的に素面配信してね！」
「はーい！」
「ふっ、計画通り」
「ん？　なにか言った？」
「ううん、なんでもないよ」
::完全に乗せられてて草
::これはましろ知将
::冷静になったときが楽しみすぎる
::同期の体を酒から守り、更に神回への布石を残すファインプレー
::清楚配信確定キタコレ！
「見てましろん！　皆が素面の配信楽しみだって！」

「そうだねぇ」
「やっぱり皆なんだかんだ言っても私のこと好きなんだね！　もう、普段照れなくていいのになー！」
「うんうん確かにねぇ。よし、そろそろ次のカステラいこうか」
「はーい！」
@最近酔っぱらってばかりの淡雪ちゃんが心配です。大丈夫？　ストゼロ飲む？@
「飲む！」
「だめです」
「あああああああああああ」
：テンポ良すぎで草
：ましろんの対応能力の高さやべぇな笑
：二代目シオンママありえる？
：シオンママの後を継ぐことは、ライバーという名の猛獣を飼いならさないといけないことと同義なんだよなぁ
：サーカスかな？
：シオンママの胃がマッハ

@ストゼロを初めて飲んだ時の感想は？@

「なんというか、苦くてうえって感じかな」

「おや意外」

「でも……次の日顔を合わせるとなんていうか……目を離せなくなっちゃったんだよね」

「これストゼロの話だよね？」

@ストゼロちゃんだけを愛してますか？　他のスト〇ング系に浮気《うわき》してませんよねっ@

「うん」

「これね、実は何回か他のも飲もうと思った時があったんだけどね」

「なんというか……買おうとするたびに頭にあの人の顔が思い浮かんじゃって、買うのやめちゃうの」

「そうか、頭の中にストゼロが！」

：ストゼロ博士、お許しください！

：ほんまにストゼロ好きなんやなって

：この気持ち、まさしく愛だ！

：愛ッ!?（困惑）

@枠切れてなかった時、正直どう思った？ｗ

自分は前の淡雪ちゃんも今の淡雪ちゃんも好きです。ここまで来たのだからもうトップVまで駆け上がっちゃえ!!@

「お、温かい言葉書いてあるねぇ」

「おおう……」

「ん？　どうしたのそんなうろたえて？　嬉しくない？」

「いや、めっちゃ嬉しかったから今ここに出してるんだけど、最近こんな真っすぐな応援貰《もら》えてなかったからどう反応していいかわかんねぇ……」

「芸人か。しかも返答も考えてなかったの？」

「嬉しくて速攻採用は決めたけどそこで思考終わっちった！」

「犬か」

：シュワちゃんが照れてる!?

：ター〇ネーターが人間の感情を理解したようなそぶりを見せてびっくりしたみたいな反応で草
：なんでそんな芸人思考になってるんや笑
「いや、だって配信切り忘れてから来るカステラの九割以上がストゼロ関連なんだよ？」

：あ、サーセン笑

：お前が犯人か！　まぁ俺もだが
：☆5鯖《さば》並みの確率でしかまともな応援きてなさそうwww
：あわちゃんにとってのストゼロはポ〇イにとってのホウレン草、ワ〇オにとってのニンニクなんだよ！（強弁）
「ほら、肝心の質問返答がまだだよ、枠切れてなかったときどう思ったの？」
「ああそっか！　う～ん、たとえるなら高校入試当日に大寝坊したみたいな感じかな！」
「なるほど、分かりやすい地獄だ、絶対体験したくない」
：うおおおやめろおおおぉぉ古傷がああぁぁぁ!!!!
：コメ欄に体験者いて草
@ストゼロを割るなら何にしますか？　レッド〇ル？　モン〇ター？@
「違う味のストゼロで割ります」
「はい」
@お金あったらどんなお酒買いますか？@
「ストゼロ買います」
「はい」
@これさえあれば無限にストゼロキメられるっていう最強のストゼロのお供は？@

「ストゼロです」

「はい全部ストゼロです本当にありがとうございました」

：ええぇ（困惑）

：ストゼロ、ストゼロ、ストゼロって感じで

：そのためのストゼロ、ストゼロ、後そのためのストゼロ……

：テンポがきもじいいい!!

：これだけストゼロ推してるのに飲み方がジャンキーすぎるせいで案件もらえなさそうなの草

：流石に公式の宣伝で「んんんぎもぢいいいぃぃ!!」はだめだろ

：名前シュワちゃんなら、親指立てながらストゼロに沈んでいくCMでよくね?

：満面の笑みで沈んでいきそう

：沈んだ後全部飲んで生還しそう

「まぁまじなこと言っちゃうとNEETなんで金なさ過ぎてエナドリやつまみなんて良《い》いものなんて買えないし、もう私ストゼロの女だからお金あっても離れないだろうね」

「収益化が一番必要な人があんなBAN寸前の配信をしていたことに目ん玉飛び出そうなましろんです」

「悲しくなったから次のカステラいくどー！」

＠私この子と結婚するんだ…

なんで！　なんで結婚しちゃダメなの!?　とってもいい子なんだよ！

私が嫌なことあった時にはいつも側《そば》にいて嫌な事を忘れさせてくれるし、とても楽しいんだよ！

もう私はこの子と一緒じゃなきゃダメなの！　認めてくれなきゃ駆け落ちでもなんでもするんだから！

そう言った彼女が連れてきたのはストゼロでした…＠

＠ストゼロ「ボクも君のことが好きだよ。でも、ごめん。ボクを好きな人はたくさんいるから君とだけ結婚することはできない！　だから、ボクのことは都合のいいやつだと思って好きにしてくれていい。これからも君たちを愛し続けるよ」＠

「切ないストーリーを連想させる二つのカステラに涙が止まりませんでした……」

「ん――――――謎」

：ＳＳ届いてるの草

：なんでストゼロが喋《しゃべ》ってるんですかねぇ

：キェェェェェェアァァァァァシャァベッタァァァァァァ!!

「さて、もうそろそろ深夜だし終わりにしない？」

「お、了解！　んじゃあ有終の美を飾る最後のカステラはーこれだあぁぁ!!」

@ストゼロ〜　ストゼロ〜　ストゼロ〜　ストゼロぉおおおわぁああああああああああああああああああん!!　あぁあああ…ああ…あっあっー〜　あぁあああああ!!　ストゼロストゼロストゼロぉおおぁわぁああああ!!　あぁクンカクンカ〜　クンカクンカ〜　スーハースーハー〜　スーハースーハー〜　いい匂いだなぁ…くんくんんはぁっ〜　ストゼロたんの銀の缶をクンカクンカしたいお〜　クンカクンカ〜　あぁあ!!

間違えた〜　モフモフしたいお〜　モフモフ〜　モフモフ〜　缶々モフモフ〜　カリカリモフモフ…きゅんきゅんきゅい!!

一本目のストゼロたんおいしかったよぅ!!　あぁぁああ…あああ…あっあぁあああ!!　ふぁぁあああんんっ!!

二本目もおいしかったねストゼロたん〜　あぁああああ〜　かわいい〜　ストゼロたん〜　かわいい〜　あっああぁああ〜

ロング缶も発売されて嬉《うれ》し…いやぁあああああ!! にゃあああああああん!! ぎゃあああああああ!!

ぐあああああああ!! ロング缶なんて飲みきれない!? あ…一本目と二本目のことよく考えたら…

ス ト ゼ ロ ち ゃ ん を 飲 み き れ な い? にゃああああああああああああん!! うぁあああああああああ!!

そんなぁあああああ!! いやぁぁあああああああああ!! はぁあああああああん!!

日本ぁあああ!!

この! ちきしょー! やめてやる!! 現実なんかやめ…て…え!? 見…てる? 冷蔵庫の中のストゼロちゃんが僕を見てる?

冷蔵庫の中のストゼロちゃんが僕を見てるぞ! ストゼロちゃんが僕を見てるぞ! 冷蔵庫の中のストゼロちゃんが僕を見てるぞ!!

二本目のストゼロちゃんが僕に話しかけてるぞ!! よかった…世の中まだまだ捨てたモンじゃないんだねっ!

いやっほぉおおおおおお!! 僕にはストゼロちゃんがいる!! やったよスーパー○ライ!! ひとりでできるもん!!

あ、ロング缶のストゼロちゃあああああああああああん‼　いやぁああああああああああ‼‼

あっあんあっあんあグリーン○ベルぅう‼　プ、プレミアムモ○ツ‼　のど○し生ああああああ‼　クリア○サヒぃいいい‼

うぅっうぅうう‼　俺の想《おも》いよストゼロへ届け‼　日本のストゼロへ届け！@

最後の最後でコメント欄に最大の爆笑の渦を起こしたところで、配信は終了になった。

あーたのしかったなぁ！　次の配信はお酒飲まずにやるんだっけ？　まぁ私ならそのくらい余裕だけどねー！

「あ、シュワちゃん。通話切る前に見せたいものあるんだけどいいかな？」

「ん？　なになに？」

配信終了後に、ましろんが一枚の画像データを送ってきた。

「こ、これは――⁉」

「どうだい？　なかなかのできだろう？」

そこに映っていたのは、私のアバター心音淡雪の新しい立ち絵のラフ画だった。

【ライブオン】シュワちゃん新規立ち絵ラフ.png
▼ファイル(F) 印刷(P) メール送信(M) 編集(U)▼ 開く(O)▼
シュワちゃん立ち絵
レモン
あわあわ
ILOVEストゼロ!
I♡ストゼロ

いつものアバターは高貴さ満点のドレスを着ているのだが、描かれていたのはI♡ストゼロの文字がガンガンに主張してくるどこかストゼロを彷彿《ほうふつ》とさせるデザインのだるだるのTシャツ一枚にショートパンツだけを身にまとい、顔は酔いで赤く染まっている淡雪の姿だった。

「例の切り忘れの後急いで描いたんだ！　近々配信で使用できるようになると思うよ」

「す、すげぇ！」

恐ろしい完成度だ。間違いなく今の私にぴったりだろう。

そして何よりも……

「えっろ！　すっげぇえろいよこれ！　ショーパン！　太もも！　おみ足つるつるぱあああ‼」

「そうだろうそうだろう！　やっぱり普段ガードが堅い人のだらしない姿は最高に扇情的だ！　絵心が騒いで仕方ない！」

「「うぇへへへへへへ‼」」

やっぱりましろんもライブオンだなって思いました！

閑話　配信切り忘れ時のコメント欄

「皆様、本日もご清聴ありがとうございました。次もまた淡雪の降る頃にお会いしましょう」

：乙

：今日も楽しかったよー！

：淡雪が降る頃って言っても、最近毎日配信やってるよな。頻度しゅごい……

：毎日淡雪降ってるんだろ、察しろ

：淡雪が毎日は優しい異常気象

：ホント頑張ってるなぁ

：せめてこの頑張りに応えて収益化通ってほしい

：ほんとそれなぁ、

：面白い展開になりそうなシーンで止まっちゃう印象があるからちょっと恥ずかしがりな

のかもしれないな
：それでも私はあわちゃん推しを続けるよ！
：ワイもや！
：俺も！
：ワイ芋や！
：一人誤字って芋になってて草
：あれ？　ていうか配信切れるの遅くね？
「ん？　もう……お」
：あわちゃーん？
：完全に配信モードが切れた声だな
：ああ、この自然な声もええんじゃぁ
：いやてかこれって切り忘れってやつなんじゃ…
：おいやべぇよやべぇよ……
「はぁ―」
：ため息……
：音的に遠くに行ったたな

：生活音たすかるって言おうとしたら悲痛なため息で泣いた
：やっぱ本人もいまいち伸び悩んでるの気にしてるんかなぁ
：配信中はそんなそぶり0だったのがホント健気《けなげ》、養《やしな》いたい
：は？　あわあわを養うのは俺だが？
：は？
：てかそろそろ他のVに連絡して切り忘れてること教えたほうがいいのでは？
：一応送ってみるけどもう深夜やで？　起きてるライバーいるかな……
：光ちゃんなら起きてそうじゃね？
：ひかりんは一昨日にドンカツ三回連続でとるまで終われない配信で28時間耐久したから、さっきの配信の最後に今日はすぐ寝るって言ってたで
：むしろそんな状態でさっきまで配信してたのか（困惑）
：光ちゃんかなりの耐久ジャンキーだからなぁ
：じゃあましろんは……寝てるかスマホも見ずにイラスト書いてそうやな
：この前のお絵かき配信はなかなかに紳士的でしたねぇ
：ちゃみちゃんの胸元を書くだけで配信時間の七割使ったのは笑った
：あの子もまともに見えてちゃっかりライブオンだからなぁ

：じゃあそのちゃみちゃんはどうや？
：ちゃみちゃん意外と寝るの早いから望み薄そう
：てか万が一起きてたとしてもあわちゃんに連絡できるかな……
：あの子とんでもない人見知りだからな……
：あんな恵まれた容姿しておいてコラボ配信になったとたんポンコツになるのホント草
：流石《さすが》に仲間のピンチには駆けつけるだろうけど、めっちゃ噛《か》み噛みになってそう
：お、あわちゃん戻って来たくね？
「もうこれがないと生きていけない体になってしまった……」
プシュ！
：え？
：おん？
：なんか聞いちゃいけない発言を聞いてしまった気がするのだが……
：しかも今の音って酒じゃね？笑
：あっ（察し）
：ビールかな？
：いや、今の音はストゼロだな

：音ソムリエ助かる

：いや、ソムリエじゃなくてただの酒カスでしょ……

：ストゼロはまずいですよ！

：ビールよりもやばいもの開けてて草

：うおおおおあわちゃんとまれえええ‼

「ごくっ、ごくっ、ぷはぁー‼」

：めっちゃうまそうに飲んでて草

：キャライメージこわれる！

：ま、まだセーフ！　お酒飲むくらい大人なら普通だから！

「まじたまらないわ。この一本の為《ため》なら地下帝国建設の為に法外な賃金で働かされてもいい。カ〇ジくんはビール飲んでたけどストゼロはないんかな？」

：ハイアウトーー！

：マジでストゼロ飲んでるのか笑

：カ〇ジ君と共鳴した女

：その発想があったかぁ！（ハンチョウ）

：草草の草

：なぜ彼女をライブオンが採用したかが分かった気がする
：（゜Д゜）（ポカーン）

プシュ！

「うひゃー！　やっぱロング缶のなる音は最高だぜぇ‼」

：www
：これはwww
：大草原不可避過ぎるww
：ライブオン1の清楚《せいそ》がライブオン1の芸人になった……
：ギャップありすぎて天地ひっくり返ってますよ
：欲望の解放の仕方がうますぎてハンチョウ困惑してそう
：おいやべぇ！　この女止まらねぇぞ！
：なんかアク〇ズが落とされてるみたいで草

「よっしゃ！　同期の配信みるどー！」

：かつてないくらいご機嫌で草
：清楚とは？

：その日人類は思い出した。VTuberの清楚の系譜を……

：音漏れてるな。これは……さっきやってた光ちゃんの配信かな？

：え、確かその配信でやってたゲームって……

：君のような勘のいいガキは嫌いだよ
：その配信は見ちゃらめぇ！

「わたしがママになるんだよ！」

：ファ!?

：同期のママになろうとしてるVがいるってマ？

：家族が増えるよ!! やったね光ちゃん！

：おいやめろ
：おいやめろ
：おいやめろ
「ぎゃはははははは!! 卍《まんじ》ル武社亜《ぶしゃあ》は草ですわwwwwwwwもうウィンナー関係ないやんwwwwwww」

：ぶっ!?

：スリーアウトってレベルじゃねぇぞ！

：バットを振るたびにアウトになる女
：口に出して読みたい日本語
：ライブオンの目に狂いはなかった！
「は？　どちゃしこなんだが？　光ちゃんのママ貴方《あなた》の配信見てどちゃしこなんだが？」
：草
：草生えすぎて俺盆栽になったわ
：同期の配信でシコッた女
：ママがシコるとかいうパワーワード
：伝説が生まれた瞬間を目撃している気分
：これは紛れもなく伝説、Ｖの歴史に残るゾ
：今まで見たことない人数が配信に来てるｗｗｗ
「……時間も時間だしちゃみちゃんの配信でも見て寝よ」
：え、なぜ急に冷めた（困惑）
：賢者タイムでしょ
：シコる発言の後にそれはまずいですよ！
：Ｖの配信でシコって賢者タイムになり寝るって完全に俺やん

：でもこれが素ってことは同期のこと好きなんやろなぁ
：てぇてぇ！
「ああやば、この配信の中毒性はストゼロといい勝負やで」
：これ褒めてるのか？
：あれだけうまそうに飲んでたんだから褒めてるでしょ
：あ、寝た
：名言しか喋《しゃべ》れない女
：よし、起きたときの反応楽しみだから耐久しよ

そして伝説へ……。

第二章

清楚配信

「うおぉ（ry」

ましろんとのコラボ配信から翌日、私は相変わらずベッドで悶《もだ》えていた。

まさかのまさか、配信中に素面《しらふ》での配信を約束させられてしまったからだ。

というかましろん絶対内心楽しんでたでしょ！　酔っぱらいを誘導するとは卑怯《ひきょう》だ！

まぁおそらく体の心配をしてくれたのも事実だと思うけどね、今朝スマホ見たら「これからは最低週二回は休肝日を設けること」ってチャット来てたし。

うぅ……でもどうしよう……今更どんな顔で清楚配信なんてしたらいいの……。

でもやるって言った以上やらないわけにはいかないし……。

しばらく悩んだ後、このまま悩んでいても一人ではどうにもならないと思ったので、急遽《きゅうきょ》鈴木さんにアドバイスをもらいに行ったのだが。

「え？　まさかこれから毎日ストゼロ飲んで配信する気だったんですか？　自分の肝臓使ってストゼロ味のフォアグラでも作る気ですか？」

とドン引かれてしまった。解《げ》せぬ。

「せめてなにかいい配信プランないですかね……？」

「うーん、そうですねぇ……ゲーム配信とかどうです？」

「あ、それいいですね！　適度に難しいやつとかだと熱中して羞恥を忘れられそう！」

「そうですね！　じゃあそれで方向性は決まりで、いいゲームありそうですか？」

「あ……私貧乏なのでゲーム買うお金とかないんですよね……」

ガックシとうなだれてしまう。

怪我《けが》の功名か、収益化で生活が安定しそうなラインの人気には来ているんだけど、その肝心の収益化が追い付いてない。

今みたいに配信でできることも縛られてきちゃうし、早くどうにかならないかなぁ。

運営さん！　お願いです私を見て！

……あ、飲酒配信は見なくていいですお願いですからセンシティブ認定はやめてください。

「あ、私お手頃な価格で買えるゲームでおすすめなの知ってますよ」

「え、ほんとですか!?」

「はい！『クリアしようと思えばとても熱中できる』ぴったりのゲームです！」

「じゃあ配信の始めに少しカステラ返してからそのゲームやります！」

「え、カステラ返答の時間作るんですか？　来てるのストゼロ関連ばかりなんでしょ？

素面で大丈夫です？」

「なんとかやります！　せっかくリスナーさんたちが考えてくれた質問なんですから！」

「相変わらずそこらへんは律儀《りちぎ》ですねぇ」

よしっ！　鈴木さんにいいことを教えてもらったし、今日の夜は頑張るぞ！

今日こそ清楚返上の時！　見てろよリスナー！

……あ、清楚挽回《せいそばんかい》だった…………。


「——皆様こんばんは。今宵《こよい》もいい淡雪が降っていますね」

しんしんと優しく雪の降る背景に、心音《こころね》淡雪《あわゆき》のアバターを表示する。

どこか儚《はかな》げなアバターに雪がマッチして幻想的な雰囲気を醸《かも》し出している。

まぁでも……。

：え、誰？

：ストゼロの使い魔の配信って聞いたんだけど間違えたかな

：あっ第二人格のストゼロに体の主導権奪われた人だ！

：むしろあっちが本体じゃね？

：草

：もうこの時点で草

：清楚（羞恥プレイ）配信ｷﾀ━━━━(ﾟ∀ﾟ)━━━━

：この瞬間を待っていたんだー!!

：自己紹介だけで笑いをとる女

：雪降るどころか地面草で緑一色やで

この有り様なんですけどねー！

いや、予想通りではあったけどコメント欄ネタだらけや。

私の配信は大喜利会場に変わってしまったようだ。

「こほん！　なんだかいつもとコメント欄のムードが違うようですね。私は皆様に楽しい時間を過ごしてもらいたいという思いが第一にありますので、その為《ため》ならどのような変化も大歓迎です。『ですが！』今日の私は清楚なのであしからず」
：草
：りょ！
：ですがの圧力で大爆笑
：画面の前では顔真っ赤なんやろなぁ
：もう『今日の』私って言った時点でバレバレで草
：久々にあわあわで萌《も》えた
「さて、まず二日間配信が出来なかったこと、誠に申し訳ございません。淡雪が降らなかったもので皆様の前に姿を出したくてもできませんでした……」
：は？
：は？
：は？
：草www
：なるほど、そういう感じでいくのか笑
：これは策士
：あれ？　おかしいな？　3ヶ月間引き絞られ続けた弓矢が満を持して放たれた瞬間を見

た気がするんだが
：俺は3ヶ月の間、密《ひそ》かにシャカシャカ振られていたストゼロが開け放たれた瞬間を見た覚えがあるぞ！

：絶対無理があるだろ！　大丈夫？　ストゼロ飲む？

：淡雪降らなかったどころか吹雪やったでー！

「は、ははは。なんだかコメント欄が盛り上がっていますねぇ、不思議です。さて、今日は最初にカステラを返した後ゲーム実況をやっていきますよ！」

：お、ゲームええやん！

：ゲームタイトルなに？

：この状態でカステラ返すのか、楽しみすぎる
：ゲーム気になる！

「ふふっ、なにをプレイするかはその時のお楽しみということで、まずはカステラの方、頂いてしまいましょう。まず一通目のカステラはこちらです」

@ーー・ーー・ー・ー・・・ーーーーー・ーーー・・ー・・・・ー・・ーーー・ー・・ー・・・ー・ー・ー・ー・・・・ー・・・ーーー・・・・ー・ー@

：え？
：なにこれ？
：モールス信号で草
：なるほど笑
「いや、なるほどではないでしょう。わざわざ暗号化してメッセージ送る必要あります？
解読しようとしたけどよくわからなかったので偉い人教えてください」
：なんだかんだ言いながらも解読試みてるの優しくてしゅき
：ツンデレあわあわ！
：ツンデレ……？　まぁ確かにギャップの持ち主ではあるな
：どうして一発目にこれを選んだｗｗ
「ああ、それはなぜかこれ以降のカステラに全て『ストゼロ』という単語が含まれている
からですね。不思議ですねー」
：草
：相変わらずで草
：不思議ですねー（棒）
：なぜかではない、必然なのだ

：確信犯で草

＠「清楚配信とか何言ってんの？　お前には俺がいないと駄目だろうが！」って冷蔵庫の中からストゼロが言ってるけどどうする？＠

＠今冷蔵庫にストゼロ何本ありますか？＠

「うふふっ、なにを言っておられるのですか？　そのすとぜろ、というのがなにかは存じませんが、私の冷蔵庫の中身は野菜ジュースと自炊用の食材と大好きなアイスだけですよー」

：は？

：は？

：は？

：まぁストゼロもレモンとか使ってるから一億歩くらい譲れば野菜ジュースなんじゃね？

：アイス……ストゼロ凍らしたのかな？

：ヒント、－196℃

「ふ、ふふふ、つ、つぎのカステラいきましょー！」

＠ストゼロちゃんの配信を見てからストゼロ飲むか迷ってます。ストゼロちゃん的には他人にオススメできるものですか？＠

「ストゼロってなんなのかなーふしぎだなー。ちなみに私は桃とか好きです」
：答えるのか笑
：画面の前で苦笑いしてるんやろなー笑
：桃味のストゼロはいける
：も、桃味のストゼロとは言ってないから！　ただ桃が好きって言っただけだから
：おっ、そうだな
「ぐっ、うおおおお！　っ、次のカステラ行きましょう！」
：いきなりどうした？笑
：段々羞恥で悶《もだ》えてきたんでしょ
：あっ（察し）
：顔真っ赤で苦笑いしながら配信してると思うと草
＠「淡雪さん、最近健康に気を使ってやってることってあります？」
「あっ、ストゼロキメてます」
「ストゼロ！」
「こっち見て！」
「ええ～！」

「ほら、これ！　凄《すご》いでしょ?!　パンパンですよパンパン！」

「なんですかこのロング缶！　全然ちが～う」

「開けてみたいでしょ?」

「うんみたーい！」

「行きますよ～！」

／プシュッ！＼

「あぁ～ストゼロの音～」

「これ一本でどのくらいキメられるんですか?」

「じゃーん！　この缶一本なら半日！」

「そんなにー！」＠

＠体はストゼロで出来ている。

血潮はアルコールで　心はレモン。

幾たびの泥酔《でいすい》を越えて不勝。

ただの一度も勝利はなく、
ただの一度も理解されない。

彼《か》の者は常に独り　PCの前でストゼロに酔う。

故に、ストゼロに意味はなく。

その体は、きっとストゼロで出来ていた。@

「ふ、ふ、ふふふふふ！　せ、世界って広いですねー！　一体誰に向けたカステラなのかな？」

：おまえじゃい！

：おまえじゃい！

：鏡見て、どうぞ

：記憶錯乱してない？　大丈夫？　ストゼロ飲む？

「ヌゥン！　ヘッ！　ヘッ！　アアアアアアアア」

：草

：迫真の声 www

：目力やばいことになってそう

：少なくとも清楚が出していい声ではない www

：このまま続けたら鼓膜を破壊する咆哮《ほうこう》出しそう

：ストゼロちゃんは耳栓必須だからなぁ

：ティガ〇ックスかな？

「さて、次で最後のカステラです！」

@清楚な自分を大切にして頑張っている淡雪さんが大好きです。
ストゼロ飲んでテンション爆発してる淡雪さんも大好きです。
どうか心身ともに健やかに配信を続けてください、がんばれ@

「えと……その……ありがとうございます」

：ガチ照れやん！
：萌えた
：これは清楚
：頭の中でUC流れたわ
：褒められるの慣れてないのすこ
：ストゼロかわいい
：知らん人にとってはえげつないパワーワードで草

「こほん！　そ、それではゲーム実況の方に移っていきたいと思います！　さて、皆様お待ちかねの今日プレイするゲームはこちら！　『ゲッティング老婆《ろうば》ーイット』です！

ゲッティング老婆ーイットとは、鈴木さん曰《いわ》くお婆《ばあ》さんのキャラクターを操作して、様々な障害を乗り越えながらロッククライミングしていくゲームらしい。

ゲーム内容は本当にそれだけらしく、ゲームの難しいルールとかも知らなくていいから雪さんでもすぐプレイはできるとのことで、ゲーム自体久々な私も結構楽しみにしていた。

なのだが……。

：壺婆《つぼばばぁ》wwwwww

：あっ……

：なんでその精神崩壊ゲーを選ぶのか

：トラウマがあぁぁ!!

あれれ～？　おかしいぞ～？　なんだかコメント欄がざわついてるなぁ？

「あのー……このゲームなにかあるのですか？　私このゲーム、マネージャーさんに奨《すす》めてもらった身なのでゲーム内容把握してないのですが……」

：まて、その先は地獄だぞ（体験談）

〈昼寝ネコマ〉：にゃにゃーん！　クソゲーの臭いを嗅ぎつけてきたぞー！

：ふぁ!?　ネコマー来てるやん!?

：嗅ぎつけるの速すぎだろ笑

：流石《さすが》汚物ジャンキーの名は伊達《だて》じゃない

「えええええええぇぇぇ!?」

ネ、ネコマ先輩!?　ネコマ先輩ナンデ!?
前にも説明したが、ネコマ先輩はライブオン二期生のクソゲーとクソ映画をこよなく愛す汚物ジャンキーの獣っ娘だ。

ま、まさかこんな羞恥配信を見ていたなんて……。

というかこれで二期生全員が私の配信に来たことになるのでは？

ああ、動悸《どうき》がしてきた……。

……あれ？　もしかしてなんだけどさ、ネコマ先輩が来たってことはもしかしてこのゲーム……やばい？

背筋に走った嫌な予感。どうやらそれは当たってしまったようで――

「え、なに……え？　なんでこのお婆さん壺に……はいぃ？」

ゲームを始めた瞬間から違和感が場を支配した。

確かに事前情報の通りお婆さんのキャラクターはいる。ただ、本当になぜだか分からないがそのやせ細った体の下七割程をすっぽりと大きな壺に収納し、手には一本のピッケルのようなものを装備しているのだ。

：ガチの困惑で草
〈昼寝ネコマ〉：にゃにゃーん！　ネコマが解説しちゃうぞ！

：知っているのかネコマ？
〈昼寝ネコマ〉：このゲームはこの壺に入った婆《ばばあ》、通称壺婆《つぼばばあ》が己の腕力で振りかざすピッケルのみでお空目指して昇っていくゲームなのだ！　壺に入っているから勿論《もちろん》足を使うことはできないぞ！　ゲーム部分はちゃんと作りこまれているからクソゲーではないかもだけど、ものすごく癖が強いゲームなのだよ！
「は？」
：ヒェッ
：は？（威圧）
：化けの皮剝がれてきてますよ
：ま、まだ清楚《せいそ》だから！
この時点で眩暈《めまい》を覚えそうな衝撃を受けた私だったが、とりあえずゲームを進めてみるうちにこのゲームには更なる深淵《しんえん》が広がっていることに気づかされた。
「な、なんですかこれ⁉　めちゃくちゃ動きづらい‼」
このゲーム、唯一の操作手段であるピッケルを振る動作がマウスと繊細に連動しており、前に進むだけでもコツを摑《つか》む必要があった。なので当然目的である目の前の小さな崖でさえ登ろうとしては落ち、登れた後も操作のミスで落下するというありさまだ。

「ババア耐えろ！　落ちるな！　てかそもそもこのババアなんで壺に入ってるの⁉」
：このゲームを真っ向から否定する突っ込みやめろwww
：壺の中身は全裸かもしれないだろ、センシティブ対策だよ
「いくら女が好きな私でも還暦をとっくに過ぎたババアの裸体に性欲は感じないわ！」
：流れるようなカミングアウトに大草原
：は？　食べごろだろ？
〈昼寝ネコマ〉：え……
：てかさっきから自称清楚ちゃんババアって言ってない？
：頭にストゼロそそがれてきたな
：せいs……せい……
：鬼畜ゲーに感化されて段々シュワちゃん化してきたの草
はーはーなるほど、確かにこれは鈴木さんの言う通り『お婆さんのキャラクターを操作して、様々な障害を乗り越えながらロッククライミングしていくゲーム』だ。
今度覚悟しとけよあの鬼畜マネージャー！
そして築き上げるミスの山になんだかんだ言いながらも膨大な時間を犠牲にしながら着実にゲームを進めていった私だったが、ここにきてかつてない足止めをくらっていた。

目の前に立ち塞がるのはコメントで通称『約束の地』と呼ばれていた断崖絶壁にあるミカンの載った鍋。

この鍋の上からピッケルを地面に向かって降り下ろし、バネのように宙に浮く超傾斜の坂に飛び移り、そのままだと滑り落ちるので一息つく間もなくこの坂を上りきらないといけない。

ここがコメント欄で話題になっている理由は跳び台となる鍋がさっきも言ったように断崖絶壁に存在することにある。もし飛び移った先の坂を上り切れなかった場合、そのまま傾斜に沿って滑り落ちる先は懐かしの母なる大地。つまりは今までの頑張りが全て水泡に帰してしまうのだ。

もう時間も深夜を回ってしまった。ここで一発で突破して今日の配信を気持ちよく締めるとしよう。

大丈夫、私ならできる、ネコマ先輩やリスナーの皆まで見てるんだぞ。

完全に勝利フラグ立ってるわ、勝ったな、寝る準備します。

私、この戦いが終わったら夢の中でみんなの配信見るんだ……。

「いくぞおらあああぁぁぁぁぁ‼‼」

ピョーン！　スカッ！　ヒューン………。

「ゴミカスゥウウウっ‼‼　〇ねぇぇぇぇ‼‼」

：大草原

〈昼寝ネコマ〉：草だね！

：清楚の欠片《かけら》もなくなって草

：もうこいつ実質グリーンバブーンだろ笑

：名言生産工場

：全ての発言を切り抜かれる女

「――はい。というわけでですね、今日の配信はここまでにしたいと思います。次もまた淡雪の降る頃にお会いしましょう」

：乙www

：ほんとおもしれぇ女

：正体現したね

：清楚ではないしシュワちゃんにもなってたけど、ましろんの言いつけ通りストゼロ飲まなかったのえらい

：確かに

：なんだかんだ約束は守る子なんやなぁ

次は絶対クリアするからなぁ！

……私ってゲームにこんな熱くなるタイプだったんだなぁ…………。

あまり難しいゲームとかやってこなかったから知らなかった……。

二期生とカラオケオフコラボ

今日私は東京都内の某所にあるライブオン本社の事務所に、マネージャーの鈴木さんとの打ち合わせの為《ため》訪れていた。

基本的に移動などが面倒なこともあって普段の打ち合わせは電話で行うことが多いのだが、ライブオンの方針として遠方に住んでいるとかではない限り月一回程度はマネージャーと直《じか》に顔を合わせることが推奨されている。

雰囲気も全く堅いものではなく、あくまでライバーとマネージャーの間で円滑なコミュニケーションをとれるようにとの思いで用意された場だ。

移動などもろもろで掛かるお金は全て会社の経費で落としてくれるので、貧乏人の私も安心して来ることができる。

むしろ鈴木さんは毎回とても普段は行けないお値段の食事を奢《おご》ってくれるので、ウキウキに感じてしまうのは余りに貧乏性だろうか……。

「淡雪の新しい立ち絵の件、もう完成したみたいですよ」

「あ、そうなんですね、流石ましろん仕事が早い……」

「あれ？　うれしくないです？」

今はましろんが前から描いてくれていた新立ち絵について話していたのだが、どうやら新立ち絵に対する少し微妙な感情が顔に出てしまっていたようだ。

「いや、立ち絵が増えることは勿論嬉《うれ》しいんですけど……」

「ははっ、まだ完全には割り切れてないですか？　完成したモデル貰《もら》ってますのでお見せしますね」

「はい……」

鈴木さんが開いていたノートPCの画面をこちらに向けてくれる。

そこに映っていたのは前にましろんに見せてらったラフ絵の通り、だるだるのTシャツ一枚にショートパンツだけを身にまとい、顔は酔いで赤く染まっている淡雪の姿。

しかも美麗な完成品になると服のストゼロ感も尚際立っていて……。

「とても前までの淡雪には想像もつかなかった姿ですねぇ」

思わず苦笑いしてしまう。

「良《い》いではないですか、とても可愛《かわい》く描かれていると思いますよ」

「まぁ確かに可愛くはありますけど、未《いま》だに若干の葛藤がありまして……」

「もっと自信を持ってくれていいんですよ！　今うちの会社の中では雪さんは三期生のエースとも言われています。それは数字も証明しているでしょう」

「うっ」

確かに信じられないことではあるが、今私のチャンネル登録者数やアーカイブの再生数、配信に来てくれるリスナー数は同期の中でトップを走っている。

最初は一瞬のブームが来ているだけですぐ沈静化してしまうのではないかとも思ったが、むしろ未だその数は日を増すごとに膨大に増えている。

きっかけがきっかけとはいえ、リスナーが楽しんでくれているのならこれもありだなと最近思い始めてきていたが、エースとまで言われるとすごいプレッシャーだ。

「飲酒配信でラインすれすれ発言を繰り返すライバーがエースはまずいんじゃ……」

「それがリスナーの気分を害しているのであれば問題ですが、リスナーを楽しませているのであればありというのが今のライブオンの方針です。更にそのラインを超えないようサポート役の私がいるわけですしね」

「懐が広いですね」

【ライブオン】心音淡雪_シュワちゃん新規立ち絵データ.png
▼ファイル(F) 印刷(P) メール送信(M) 編集(U)▼ 開く(O)▼
I ♥
ストゼロ
@彩ましろ メッセージ
【ライブオン】心音淡...
月間スケジュール

「ライブオンですからね」

自信満々にそう言ってのける鈴木さん。

本当に不思議な企業だと思う。

なぜあそこまで全員が輝ける人材を選ぶことができるのか？

それはたまに一見ふざけているような自由さをみせる企業だが、実は社員全員が本気になって取り組んでいるからなのかもしれない。

うん！　せっかくましろんが頑張って描いてくれたんだし、これからは私も自信を持って配信するようにしたいな！

「まぁそんなわけで、新立ち絵は今日にでも使えますよ」

「はい！　ありがとうございます！」

「お礼はましろさんに言ってあげて下さい。さて、次の話なんですが、実は近々ライバーも増えてきたこともあって、多くの方により多くのライバーを知ってもらうため、現在所属しているライブオンのライバー全員で歌動画を一本作ることを計画しているんです」

「え⁉　全員ですか⁉」

「はい、一期生から三期生まで全員です」

これは衝撃的だ、間違いなく今までのライブオンで最大規模のコラボ企画になる。

というか全員ってことは私も参加するんだよね？　歌動画とかまだ作ったことないし歌配信すらしたことないよ⁉

「わ、私大丈夫ですかね？」

「今のところ全八人のライバーで一曲をパート分けすることを計画しているので、歌う箇所は多くはないです。ですがうまいに越したことはないですね。どうですか？　歌得意です？」

「高校生の頃はカラオケもたまに行ってて人並みには歌えていたと思います。でも卒業してからは忙しすぎて一回も行けてないですね。最近は存在すら忘れてました……」

「どれだけブラック企業に使役されてたんです？　娯楽忘れるってなかなかですよ。まぁそれでしたら近々カラオケ行って練習することをお勧めします。それか……」

「それか？」

「曲の間奏などでストゼロプシュ！　ってやって飲んでプハァー！　ってやって曲を盛り上げる役ですね」

「死ぬ気で歌練習してきます！」

それじゃあ完全にお笑い要員じゃないか！　そんな大規模コラボで醜態を晒《さら》すわけにはいかんぞ！

「あ、あとですね、この後いつもなら一緒に食事に行ってたと思うんですけど、食費は経費で大丈夫なので今日は違う方と行ってほしいんです。一応顔合わせも済んで打ち合わせもこれで終わったので」

「え？　違う方ですか？」

この展開は初めてのケースだったので、思わず怪訝《けげん》そうに首を傾《かし》げてしまう。

「実は今日ライバーの神成《かみなり》シオンさんと宇月聖《うつきせい》さんが事務所に雪さんと同じ用事で来ているんですよ。それで雪さんこの二人とコラボ決まってるじゃないですか。なので二人からもしよかったらコラボ内容の打ち合わせがてら食事でもどうですかとお誘いがあったみたいなんですよ」

「……え？」

それってもしかして……オフで敬愛するお二人にお会いするってこと……？

「やぁ！　聖様こと『鏑木聖羅《かぶらきせいら》』だ。今日はよろしく！」

「神成シオンこと『一ノ瀬詩織《いちのせしおり》』です！　身バレ対策で事務所を出たら名字でよんでね！」

「は、はい！　心音淡雪こと田中雪《たなかゆき》です！　きょ、今日はよろしくお願い致します！」

ライブオン本社の玄関口で本名のこともあり改めて先輩二人と自己紹介しているのだが、もう緊張でカッチカチだ。

最近の激動の日々から少しはメンタル強くなったかなーとかひそかに思ってたけどこの状況は無理。

あとですね、私オフでライバーの方とお会いするのこれが初めてなんですけど、なんでお二人ともこんなビジュアル良いんですか⁉

聖様こと鏑木先輩はもうね、女子高生の王子様って感じ。流石《さすが》にアバターまでとはいかないけど高身長のショートカットですらっとしている。

顔だちもシャープでそこに居るだけで存在感がすごい。

更にシオン先輩こと詩織先輩は何というか……若い。すごい可愛い顔だちなんだけど、至る所にあどけない要素が混じっている気がする。

「ふふっ、シオン君のこと子供だって思ったろ？」

「えと……はい、すみません」

「むむっ！　それは勘違いですよ！　つい先月お酒が飲めるようになりました！　……苦いの苦手なので実質飲めませんけど」

「はい⁉　じゃあ私と同じ二十歳ってことですか⁉」

「あ、淡雪ちゃん同い年なんですね！　嬉しいです！」

何ということだ。ライブオンのママとまで言われた対応力の天才は私とほぼ同じ年月しか生きていなかったらしい。

というか私、今まで同い年の配信に母性を感じていたのか……。

これはまずい！　これからはシオン先輩に負けないように頑張らないと！

「ふふっ、緊張してます？　いきなり誘っちゃってごめんね」

「大丈夫かい？　ストゼロ飲む？」

「こら聖様！　悪乗りしないの！　ほら、肩の力抜いてください。いっそのことタメ口でも全然ＯＫです！　もう私たち淡雪ちゃんにプロポーズされてますしね！」

「ひえっ、そ、その節は本当に申し訳ない……」

「いいんですよー！　なんだかんだいって面白かったので！」

私の両肩に手を置きとんとんと力を抜くよう軽く叩《たた》いてくれるシオン先輩。

ああ、これは完全にママですわ。即落ち二コマですわ。シオンママすこすこのすこ。

そして自己紹介も終わったので、さっそく食事に行くことになったのだが……。

約２時間後——

「おっすおら淡雪！　今日は聖様とシオン先輩とでカラオケに来てるどー‼」

「やぁ諸君！　みんなの聖様が登場だよ！」

「こんみこー！　今日はご飯食べてコラボの打ち合わせするつもりが、なぜか即興でコラボ始まって困惑必至のシオンだよー！」

：ふぁ⁉

：これってもしかしなくてもオフコラボなのでは？

：ｷﾀ━━━━(ﾟ∀ﾟ)━━━━

：ま　じ　か
：シオンママを生贄《いけにえ》にしたサバトの会場ですか？

：てか絶対シュワちゃんストゼロ飲んどるやんけ！

：プシュ！

：こんみこー！

：キャー聖様ー‼

：ママを困らせることしかできない悪ガキ二人
：伝説の夜はこうして始まった
　どうしてこうなった？

この突っ込みどころ満載の状況の全ては、お店のメニューから始まった――

聖様曰《いわ》くVの食事でしかも奢《おご》りとなれば焼肉しかないでしょ！　とのことで、聖様おすすめの焼肉屋さんに入ったのだが……。

・生ビール
・サワー
・コーラハイボール
・……
・……
・……
・ストゼロ（おすすめ!!）

……………

「さぁ田中君！　ドリンクはどうする！」

見るからにワクワクを隠しきれない様子で問いかけてくる聖様。

これは……

「……じゃあこのウーロン茶で」

「フフ……へただなあ、田中君。へたっぴさ……！　欲望の解放のさせ方がへた……。田中くんが本当に欲しいのは……こっち」

「いやあの」

自信満々でストゼロを指さしてくる聖様。

「肉を網の上で……ホッカホッカにしてさ……冷えたストゼロでやりたい……！　だろ……？」

「あの！　いったいこのメニューなんです⁉　明らかに違和感しかないんですけど⁉」

メニュー表のドリンク欄一番下にある明らかにテープに文字を書いて貼っただけの、後付け感を隠す気もないストゼロの文字に、いい加減耐えられなくなったので突っ込みを入れてしまう。

「……メニューにいたずらしたらだめですよ」

「大丈夫、すぐ剝がすから。店の許可もとってあるし」

「許可出たんですか⁉」

「で、飲む？　ストゼロ本当にあるけど」

「え、あるの⁉」

「焼肉屋だからね」

「や、焼き肉屋ってすげー‼」

私が全く行かない間に焼き肉屋はストゼロを置くよう進化していたのか！　やりますねえ！

「あはは……このお店はね、鏑木ちゃんのご両親が経営しているお店なの」

「あ、なるほど……」

どういうことなのか分からず頭が追い付かない私を気遣ってか、一ノ瀬先輩がネタばらししてくれた。

「もう、勘弁してください鏑木先輩！」

「あははっ、ごめんごめん！　でも……飲みたいんだろう？」

「――ごくり」

「私も久々に飲みたくなったし、一緒にストゼロ……キメないか？」

「私はオレンジジュースだよー！」

ウホッ！　いい女！　まぁほいほいついていったよね。

そんでその後はおいしい焼肉食べながら……。

「実は歌の企画で困ってましてー」

「お、じゃあこの後カラオケで練習行っちゃうかい？」

「お、いいねー！　私も行きたい！」

「いいですね！　行っちゃいましょうよ！」

という鏑木先輩の誘いから始まり……。

「そうだ、私打ち合わせに使うためにノートPC持ってきてるから、配信もしてしまわないかい？」

「おん？」

「いいですね！　やっちゃいましょうよ！」

「おんおん？」

「実はこうなることを予想してカラオケ店の予約もばっちりさ！」

「流石鏑木先輩！　そこにシビれる！　あこがれるゥ！」

「おんおんおん？　あれ？　打ち合わせは？」

といった流れで、おんおん困惑気味の一ノ瀬先輩をつれて酔った二人の勢いで即興カラオケコラボが決まってしまったのだ。

「えっと、どんな状況でも頑張って進行役を担当します、シオンです！　前半はカステラ返して、後半から歌っていくからよろしくー！　さて、まず一つ目いくよー！」

@性様へ、好みのタイプはどんな娘ですか？@
「そうだなぁ。私ストライクゾーンは広い方だけど、しいて言えば頑張り屋さんで本当に困ったときに頼れるような女の子かな」
「あらま意外！　聖様意外とちゃんとした性癖も持ってたんだね！」
「相変わらずシオンは私に対してたまに毒舌だねぇ。興奮してしまうだろ？」
「そういうとこだよー」
：意外だ
：外見じゃなくて内面の話をしただけで意外
：性様への偏見が止まらない
：ん？　でもどっかで聞いたことあるゾ？
あれ？　確かに私から見ても少し意外な回答にびっくりしてるシオン先輩だが、もしかするとこれって……。
「あのー、もしかしてそれってシオン先輩のことなんじゃ？」
「はいー？」
「ふっ、ばれてしまったか。流石ストゼロの小〇郎、名探偵だ」
「誰が小〇郎ですか！」

「え？　はい⁉　え⁉　本当ですか聖様⁉」

しばらく時間をかけ、やっと言葉の意味を理解したシオン先輩が顔をぽっと赤らめて慌て始める。

「おほ――――（’ε’）」

全く、百合《ゆり》は最高だぜ！

：なんて声……出してやがる！

：おほーじゃないが笑
：百合に挟まるストゼロはギルティ
：キマシタワーよりよっぽどひどいリアクションだったぞ ww
「し、失礼しました。思わず声が出てしまいました、以降は神聖な百合空間を邪魔しないよう尽力します！」

「え、なんでそんなに真剣に謝ってるの⁉」

「シオン先輩、百合っていうのは誰にも邪魔されず自由で、なんというか救われてないといけないんですよ」

「分かるよ淡雪君！　やっぱり君とは気が合うな！　さっきはシオン君が好きとは言ったが、淡雪君も中身も外見も好みだしガンガンに性的に見てるよ！」

「だそうですよシオン先輩？　3P行っちゃう？」
「そんな二次会行っちゃう？　みたいなノリで言われても行きません！　もう！　気恥ずかしいので次行きますよ！」
：最強の二人ならぬ最低の二人
：一通目でこれか、あかんシオンママが過労死してしまう
：果たしてガチ百合に挟まれたシオンママは貞操を守れるのか！
：照れてるシオンママかわええんじゃあ
：シュワちゃん今日はいつも以上にシュワシュワしてるなーｗｗ
：性様もお仲間を見つけてご満悦な様子
＠聖様へ質問です。百合ＡＶの相手役が「ストロング吹雪」か「清楚《せいそ》淡雪」ならどっちが良《い》いですか？＠
「うーん、これは流石《さすが》の私も困るなぁ」
「……やっぱり裏表のある女は嫌いですか？」
「いや、一粒で二度おいしいじゃないか！」
「やったぜ。投稿者ストゼロ雪女。昨日の8月15日にいつもの清楚系のママと女好きのイケ女と私の三人で県北にある川の土手の下にあるカラオケで盛り上がったぜ」

「昨日は8月15日でもないしここは川の土手の下でもないしで意味わかんないよ！」

：大草原

：清楚が絶対に読んではいけないコピペで草

：相変わらず頭のブレーキへし折れてんなwww

：最悪の立地のカラオケで草

：安打量産機ならぬアウト量産機

：みんな……「邪飲」って、知ってるかな？　「邪飲」というのはね、例えばストゼロを飲んで配信を切り忘れるといったことを「邪飲」というんだ

@シオンママを（性的な目で）見て一言お願いします。@

「年下ママすこだね」

「幼児プレイもありかもしれないです」

「　　　」

：シオンママ帰ってきてー！

：シンプルに気持ち悪くて草

：無限の性癖

：だめだこいつら。早くなんとかしないと

@シオンママ可愛《かわい》い!!@
@私のママになって!!@
「はーい！　シオンママは皆のママですよー！」
「シオン君は私の母になってくれるかもしれなかった女性だ！」
「お母さん？　シオン先輩が？　うわっ！」
「はーい、コントしてる二人は置いて次行きますよー」
@シオンママへ
いつも破天荒な人達の引率お疲れ様です。なにかと苦労が多いと思いますがそんなママが一番疲れたと思ったコラボはなんですか？　良かったら当時のエピソードを交えて聞かせて下さい。
それと胃薬置いときますねっ【ストゼロ】@
「三期生が入る前にあった一期生二期生合同コラボの時の配信は疲れたよ……」
「ああ、あのネコマ君が始めたクソ映画紹介になぜか共通の知識があった一期生の晴先《はれる》輩が乱入したときか」
「あ、それ私も見てましたよ！」
：神回やん！

：今尚《いまなお》伝説の回と語り継がれてる配信だな
：映画の内容に突っ込みどころしかないからシオン先輩息切らしながら進行役してたなぁ。

：懐《なつ》かしい
：ハレルンの奇人っぷりが特に際立《きわだ》ってた時だな笑
「あとストゼロは胃薬にはなりませんよ？」

「え、レモンだから意外とすっきりしますよ！」

「それはシュワちゃんだけです！　ハイ次！　最後行きますよ！」

「二期生にまでシュワちゃん呼び定着してるんですね……」

@ライブオンのVの皆様に質問です！

現在のアワちゃんとシュワちゃんそれぞれにやって欲しいことってなんですか？@

「あー、聖様どう思う？　私はシュワちゃんの時にお酒飲みながらおいしくなにか食べてるのが見てみたいかなー」

「そうだなぁ。私はあわちゃんに自分がデビューした頃の配信を見返してみてほしいかな」

「なーんだ！　ちょっと身構えましたけどその程度ならよゆーですよ！」

「ほう！　じゃあいつかやるって聖様と約束できる？」

「はい！」

：あれ？　この流れ前も見た気がするぞ？
：ちょろすぎで草
：神回定期
：聖様グッジョブ
：これは全裸待機安定ですわｗｗ

「♪――――♪」

カステラ返答も終わり、いざカラオケが始まった。

：うまスギィ！
：耳が孕《はら》む
：イケボすぎなんだよなぁ
：普段がイケボの無駄使いすぎるんだよｗｗｗ
：聖様は歌モードのイケメンさを普段の残念さでプラマイゼロにしてるから
：なんでゼロにする必要があるんですかねぇ
：ストゼロが近くにいるからゼロに引き寄せられてるんでしょ

：流石永遠の0
先陣を切った聖様の芯のあるクールな歌声が一瞬でカラオケルームとコメント欄を魅了する。

うーん、流石歌にも定評がある聖様。普段がかなり振り切ってるからそのギャップもありコメント欄も私も大盛り上がりだ。

まずいな、これはハードルが上がってきた……。

そもそも何を歌えばいいのだろうか？　V界の歌事情を考えると……流行のJpopやボーカロイドやちょっと懐かしめのアニソンが多いイメージがあるなぁ。

「どうするシュワちゃん？　次歌う？」

「あ、ちょっと曲悩んでるので、シオン先輩お先にどうぞ」

「そう？　……もしかして歌苦手で歌うの嫌だったりする？」

「うーんどうなんですかね？　実は歌うの自体久しぶりで……」

「そっかぁ、でも大丈夫！　もし歌えなくても私が一緒に歌ってあげるから！」

おほ――――（、ε ﾉ）バブみで溶けそうなんじゃー！

「♪――――♪」

そんなやりとりをしているうちに聖様の歌が終わり、シオン先輩にバトンタッチされる。

：あれ？　天使の声が聞こえる？　俺死んだ？
：これは癒《い》やし
：実質アヴェ・マリア
：超うまいってわけじゃないけどずっと聴いてたい
：歌のお姉さんみたいな声
：お姉↑さん↓だと！　お母さんだろォ!?

や、やばい！　シオン先輩の歌に夢中になってたらもうすぐ私の番が来てしまう！

もう迷っててもしょうがない！　こうなったら聞いたことある曲の中から思いついたの入れよう！

よし、曲はこの『レモン』でいこう！　行きます！

「♪――――♪」

：お？　意外と普通な選曲
：オリオン〇の下でとか来ると思った
：草
：チチ〇モゲとかいかがっすか？
：選曲地獄過ぎて草

：てか普通にうまくね？
：うめぇよこれ！
：これマ？
：サビが楽しみ
「♪――――♪」
：ファ!?
：エグいくらい声伸びてて草
：テクニックとかは感じないんだけどすっげぇパワフルやな
：とてもストゼロの通学路になっている喉から出てるとは思えん
：心なしか晴ちゃんと似た歌い方な気がする
コメント欄が驚きでざわつき、先輩方も目を大きく開けてポカーンとしているが、驚いてるのは私自身もだった。
なんだろう、今まで記憶になかったぐらい気持ちよく歌えてる気がする。
……もしかしてお酒が入ってるからかな？
前にうまく歌えない人の原因の一つに人前で恥ずかしがって声が出にくくなる人が多いと聞いたことがある気がする。

お酒が入ってるからそこら辺の羞恥心がいい具合に緩和されてうまく発声ができているのかもしれない。

そして一度歌える楽しさと喜びを知ったらそれは自信となり、その後も気持ちよく歌いきることができた。

「んんんぎもぢいいいぃぃ‼」

：草

：歌で絶頂した女

：手〇キカラオケかな？

：途中まで100点だった。最後にストゼロでたから0点

：落ちつけるところまで芸人で草

「びっくりしたよ！　シュワちゃん歌うまいじゃん！」

「これは一緒に歌わざるを得ないね」

「ふっふっふ！　これがストゼロ歌唱法です！」

「「は？」」

：は？

：は？

……は？

……絶対零度やめろ

……－196℃は伊達《だて》じゃない！

一瞬で困惑で空気が凍り付いたりもしたが、そのあとも先輩方と一緒に歌ったり合いの手を入れたりと大いに盛り上がった時間が流れる。こんなに誰かと楽しく騒いだのはいつ以来だろうか。

これも全てストゼロのおかげ、だからみんな——

ストゼロをすころう！

「あ、このバンドのゼロって曲すきなんですよー」

「へー！　シオンママ聞いてみたいなー！」

「はい！」

「あ、この Butte○ fly　Strong Version とか一緒に歌いません？」

「いいよー！　でも、なんでオリジナルじゃなくて Strong Version ？」

「んーなんとなくこっちがいいかなーっておもいまして」

「あ、この洋楽のStrongerって曲最近よく聞いてるんです！」

「……もしかして淡雪君、ストゼロつながりの曲しか頭に浮かんでなくないかい？」

「…………へ？」

：草

：www

：頭の中ストゼロ畑かよ！

：一曲目もレモン味繋《つな》がりか笑

：予想外すぎる選曲傾向で草

：さすが期待を裏切らない

みんな、すこり過ぎには気を付けてね！

……あ、もうこんな時間……。

とうとう予定していた配信終了時間まで後僅かになっていることに気が付いてしまった。

全く、楽しい時間程過ぎ去るのは早いものだ。

名残惜しさを殺して大成功に終わった配信を切り、先輩たちとカラオケを後にする。

夜の冷たい空気に酔いで火照《ほて》る体を鎮《しず》めてもらいながら駅に向かい歩いていると、聖様からふとこんなことを聞かれた。

「あ、そういえば晴君には事務所で会ったかい？　私たちが着いた時には居たんだけど」

耳元で小声なのは晴先輩の名前による身バレ防止の為《ため》だろう、私も同じく小声で答える。

「晴先輩ですか？　いやぁ見てないですね」

なんだか少し残念だな、鈴木さんに頼んだら会えたりしたのだろうか。

「お二人から見た晴先輩ってどんな人ですか？」

純粋な興味からそう聞いてみると、シオン先輩が明らかな苦笑いをし始める。

「あの方はなんというか……良くも悪くもライブオンそのものっていうか、皆が持つライブオンのイメージの集合体というか……」

「ふふっ！　確かに最初は圧倒されるかもしれないね。淡雪君も気を付けるんだよ？」

二人の様子を見るに裏で配信中とは全く違う人、なんてことはないようだ。少し安心。

「そういえば今日晴君も淡雪君のこと話してたな。こんなに衝撃を受けた子は初めてかもしれないって言ってたよ」

「ほ、本当ですか⁉」

思わず声が上ずってしまった、まさか自分の名が晴先輩の口から出たなんて……まぁ喜べるのはその衝撃が良《い》い意味な場合なんだけど。

でもそっか、よくよく考えると今の私はお会いしても全然おかしくない立場なのか。

いつかちゃんと話してみたいな……先輩たちと別れた後もずっとそんなことを考えながら、家へと帰ったのだった。

ちゃみちゃんとオフコラボ

それはある日の配信中に起きた出来事だった。

「そんなわけで、女体盛りは素晴らしいわけなんですよ……あれ？」

::聞き取れない

::シュワちゃんー？

::かなりノイズがひどいな

::ネット障害？

::原因マイクっぽくね？

いつも通り雑談配信をしていたのだが、どうもリスナーに声がうまく届いていないようだ。

色々マイクの設定をいじってみてもノイズの酷さが変わるだけ、試しにネット回線の方を確かめてみても問題なくつながっている。

最後に配信サイトの不調の可能性も考え他のライバーの配信を見てみたがこちらも異常なし。

うん、どうやらマイクが壊れてしまったようだ。

まぁ初配信からずっと毎日使い続けてたからなぁ、これも仕方ないのかもしれない、むしろよく頑張ってくれたよ。

流石《さすが》にこのまま配信を続けるわけにもいかないので、この日はこれでお開きになってしまった。

予備のマイク買っておけばよかったなぁ……これはリスナーにも謝らないと。

@マイクが壊れちゃったみたい！

続けたいけど無理そうだから今日は終わりにするね……。

本当にごめんなさい！　すぐにマイク新調します！@

SNSの呟《つぶや》きで謝りを入れ、その日はおとなしく眠りについたのであった——

「んんっ……ふぁあぁ……あれ？」

翌日の朝、二日酔いもほとんどなかったのでどんなマイクを買おうかと考えながら朝食を作っていたのだが、スマホを見るとSNSにちゃみちゃんからDMが来ていた。

〈柳瀬《やながせ》ちゃみ〉：マイク、もしよかったらお古でいいならあげようか？

〈心音淡雪〉：え、ほんと!?　いいの!?

思わぬところから助けの手が差し伸べられた。

正直収入が安定した今でも昔の経験から貧乏癖が抜けていない私からしたらすごくありがたい話だ。

〈柳瀬ちゃみ〉：実はasmr配信をしているうちにマイクに興味がでてしまって、使う頻度がすくないやつが結構余ってるの。貰《もら》ってくれると助かるくらいだよ！

とのことだったので――

「こんにちはー！」

「いらっしゃい！　柳瀬ちゃみこと『藤田《ふじた》みちる』よ」

なんとちゃみちゃんのお家《うち》に来てしまいましたー！

「心音淡雪こと田中雪です！　今日はお世話になります！」

「ふふっ、まぁ今日は私たち以外誰もいないしライバーとしての名前で呼んでも大丈夫ね」

「そうですね！」

どうしてこうなったかというと、最初はマイクを宅配で送ろうかという話になったのだが、どうやらちゃみちゃんも都内在住らしくどのマイクがいいか選んでほしいからもしよかったら家来る？　と言われてしまったのだ！

ちなみに丁度いいからオフコラボで配信することも決まったよ！

それにしても、予想通りではあったけどちゃみちゃん私より年上だなー。なんというか優し気なお姉さんって感じだ。

自己紹介も済んだのでお家に上げてもらう。

「じゃあ適当にかけてて、私ちょっとお手洗い行ってくるね」

「あ、分かりました！」

ちょっと意外なのはすごく対応が落ち着いてるところだ。いつも通り人見知り全開なのかなと思ってた。

でも喋《しゃべ》り方は普段の配信の時と全然変わらないんだよなぁ……不思議だ。

「さてさて、マイクこれだけあるんだけどどれがいい？」

「え、なにこの数⁉　これだけの中から選んでいいの⁉」

しばらく座って待っているとトイレから帰ってきたちゃみちゃんが箱いっぱいにマイクを詰めて帰ってきた。

いくらライバーとはいえあまり使ってないマイクだけでこれはすさまじい数だ。

しかも状態がかなり綺麗《きれい》だ、新古品って言ってもいいくらい。

本当にこんないいもの貰ってもいいのだろうか……。

「ええ勿論《もちろん》。欲しかったら普通のマイク以外にasmr用のもあげるわよ？」

「まじで言ってます？」

「数が増えすぎてもう使いきれないからコレクションみたいになってきちゃったの。せっかくのマイクなんだから誰かに使ってあげてほしいのよ」

「本当にありがたいです……」

「じゃあ好きなの選んでね！　それじゃあ私はお手洗いに行くわ」

「へ？　さっき行ったんじゃあ？」

「わ、私尿に関してはフルオートというより三点バーストって感じなの！」

「はい⁉ どういうことです⁉」

「てなわけで行ってくるわ！」

そういうとバタバタと本当に再びトイレにこもってしまった。

……なんか色々予想がついてきたぞ。

その後はありがたいことにasmr用も合わせてマイクを二つも頂いてしまった。

「よしよし、じゃあ私はまたトイレに……」

「……ちなみになにしに行くんです？」

「もう、同性でもそんなこと聞くのはどうかと思うわよ淡雪ちゃん！」

「ジ――ッ」

「だからほら、三点バーストが」

「ジ――――ッ！」

「……く、クールタイムに行くのよ」

「クールタイム？」

「緊張しすぎて心拍数やばめだから度々トイレで落ち着けてるのよ」

「あぁ、やっぱりそんな感じですか……」

さっきは落ち着いてるとか言ったけど、やっぱりちゃみちゃんはちゃみちゃんだったよ

うだ。

この感じだと話し方もわざとこうして少しでも話せるようにしてるっぽいな。

「いやマジで心臓バックバクよ？　私の心拍音……聴いてみる？」

「いや言葉だけ聞くと色っぽいですけど、状況が状況なので全然ときめかないですね」

「だってぇ……」

「でもこの後の配信中にもトイレ行きまくるのはまずいでしょう？　排泄《はいせつ》物製造工場って渾名《あだな》付いちゃいますよ？」

「……でもそんな渾名付けるの間違いなく淡雪ちゃんの方のリスナーだよね？」

「まじすいません」

そんな感じでとりあえず頑張って一緒の空間にずっといてくれるよう説得はできた。

目がちょっとでも合うと恥ずかしそうにすっと下を向いてしまうけど、これはこれで外見とのギャップもあって萌《も》えるな。

人見知りお姉さんはいいぞ。

その後は夜から配信を開始するのでなんと、夕食を作ってくれることになったのだ！

私も料理はまぁまぁできるので手伝いながら完成を楽しみにしていたのだが……。

「はいどうぞ！」

なんで当たり前のようにストゼロが出てくるんですかねぇ⁉

「あ、もしかしてちゃみちゃんもストゼロ飲むんです？」

「ううん、私は普段飲まないし飲んでもワインとかカクテルとかかな」

「……じゃあなんでこれが冷蔵庫から出てくるんです？」

「さっきマネージャーさんに淡雪ちゃんとお家でオフコラボしていい？　って一応確認とったら『ちゃんとストゼロ用意しておくんだよ！』て言われたの」

「ライブオン屋上に行こうぜ……久しぶりに……切れちまったよ」

「壺婆《つぼばばぁ》のとき切れてなかった？」

いや本当にライブオンの社員は理解がありすぎてたまにこっちが困惑するよ！

「えと……飲まないの？」

「飲みます」

「突然の即答⁉」

そんな悲し気な目をされては飲まないわけにいかない。というより本音を言えば飲みたいしね。

今日の配信もカオスになりそうだ……。

「……」

「よっしゃー配信始めるどー！」

「うふふ、こんばんわ。みんなを癒《い》やしの極致に案内するのは今日絶対無理な柳瀬ちゃみお姉さんがきたわよ」

：キター―――（゜∀゜）―――

：ファ⁉　シュワちゃんやん⁉

：異物混入してて草

：シュワちゃんとオフコラボ、何も起きないはずもなく

：ちゃみちゃまの貞操があぶない！

：完全にシュワちゃん危険物扱いで草

：開幕敗北宣言ネキ好き

今回のコラボは事前に告知していたこともあって始まりからすごい同時接続者数だ。

いいねぇ盛り上がってきたよぉ！

「おらおらお前らオフコラボだぞー？　私なんてさっきからずっとちゃみちゃんに背中から抱き付いてムギューしてるんだぞいいだろぉ～」

：おいそこ代われ
：サ〇バ〇マンかな？
：ちゃみちゃまもメンタルヤ〇チャだしぴったりやな笑
：いつも通り一人で自爆してくだしや
：ちゃみちゃん内心絶望してそう
「いやそれがね、最初は意識飛びかけたけど今は意外と心地いいの。人肌に触れるのが久しぶりだから……こんなに落ち着く温かさだったのね、人って……」
：泣いた
：悲劇のヒロイン感醸《かも》し出し大会優勝も狙えるセリフ
：そのまま一生温めてあげて、どうぞ
「うぇへへぇ～、ねぇねぇ、S〇Xって体を重ねるとも言うよね。それなら私たち今実質S〇Xしてるね！」
「あら、おかしいわねまた人見知りの症状が出てきたわ、体が震えてきた……」
：ちゃみちゃまそれ人見知りちゃう、生物としての食われる恐怖や
：上げて落とす天才シュワシュワ
：前回の配信は持ち主に恥をかかせまいと自ら故障するマイクくんが有能を見せたが、今

回は止まらねぇぞこれ
：今すぐ俺らの嫁から離れて、どうぞ
「まぁそんなわけでまずはカステラ返し、いくどー！」
＠ストゼロを下から飲むことはできますか？＠
「皆だってちゃみちゃんの〇〇〇下から飲めるでしょ？　つまりはそういうことだよ」
「はいぃ⁉」
：なるほど
：完璧に理解した
：落ち着け！　何一つ根拠がないぞ！
：この流れも定番化してきたなぁ笑
：一発目からこれか……
：ちゃみちゃまも〇〇〇下から飲むか横から見るか、映画化決定
「ちなみにちゃみちゃんのは三点バーストみたいだよ」
「そ、それは忘れてぇ！」
＠I am the bone of my strong zero
Aluminium is my body and alcohol is my blood

I have drunk over a thousand strong zeros
Unknown to Death,
Nor known to Life
Have withstood drunkenness to drink more strong zeros
Yet, those hands will never hold anything other than strong zero
So as I pray, Unlimited Strong Zeros @

「うーん、無限の酒造も英語にするだけでかっこよくなるのが不思議だね！　これただのストゼロ中毒の敗北者って言ってるだけなんだけど」

「なんでこんな英語つよつよリスナーがいるの？　淡雪ちゃんのリスナー層が謎でならないわ」

@ hey guys we have a gift for you　これを訳しなさい@

「ええと、やあ！　あなたにプレゼントがあるの。かしら」

：流石ちゃみちゃん、これくらいは余裕そうだな

：あっ……（察し）

「あ、これエ○動画で見たやつだ！」

「エッ!?」

：一方こちらは
：期待通りの反応で草
：もはや俺たちの母国語
：ちゃみちゃんひたすら振り回されてて草
：シオンママみたいに即興対応得意なわけじゃないからなぁ www
＠ちゃみちゃんとオフコラボしましたが、ちゃみちゃんもストゼロの沼に沈めたのですか？　あと他の人でストゼロの沼に沈めたいライバーはいますか？＠
「むしろストゼロの沼ならリアルで作って私が沈みたいですね」
「うん、久しぶりに人から狂気を感じたわ。あと私は沈んでないわよ」
：自分から入っていくのか……（困惑）
：炭酸風呂《ぶろ》かな？
：もうここまでで腹筋崩壊してるから実質俺は今腹筋してる
＠貴方《あなた》が落としたのはこのストゼロ（・ε・）ﾉﾞ（レモン）？　それともこのストゼロ（・ε・）ﾉﾞ（ロング缶）？　それとも……このストゼロかぁぁぁぁぁぁぁぁぁ
（|・ε・）|ﾊﾞﾊﾞｧﾝ!!　「箱入りストゼロ」!?＠
「ストゼロ製造工場です」

「ママ助けて、世間は恐ろしいところだったよ」

：欲望の塊

：草通り越して竹

：人の家でも緑化運動が盛んなようで

：無許可竹林なんですがそれは

：ちゃみちゃん、ストゼロから世間を知る

「ふぅ、よしよし！　カステラ返すのはこれくらいにしようか！」

「ええ、そうね。なんだか始まったばかりだというのに異様に疲れたわ……」

：乙

：隣のボケマシーンのせいでちゃみちゃま過労死しそう

：ちゃみちゃんさっきからノミメンタルなのにコミュニケーションしっかりとっててえらい！

：確かに

：コラボでここまで喋《しゃべ》れてるの初めて見るかも

「ああ、確かにそうね。なんていうのかしら……私の人見知りって誰か強烈に会話をリードして引っ張ってくれる人がいると意外に喋れたりするのよね。むしろ私に近いタイプの人が集まった時は無言かつ気の遣い合いという最悪の状況になるの」
：なんとなく分かる気がする
：引っ張れる人がいない組み合わせでよくある誰も前に出ることができなくて詰むやつや
：……
：最終的になにかチームで発表とかする時に気の遣い合いという名の面倒ごとの押し付け合いが始まった時は本当の地獄
：お前ら人見知りに関して詳しすぎだろ……
：草
「なるほど！　じゃあもっとガンガンいこうぜ精神で行っていいってことだねちゃみちゃん！」
「やめてくださいこれ以上は死んでしまいます」
「おっしゃー！　気合い入れて次の企画いくどー！」
「やばいわね……今目の前に死兆星が見えた気がするわ」
：天を見よ！　見えるはずだ！　あの死兆星が！
：ジョインジョイントキィ
「というわけで、ちゃみちゃんのコラボと言ったらこれ！　『ちゃみちゃんの会話デッキ構築』のコーナーに参りましょー！」
「わーわー！　どんどん！　……ぱ、ぱふぱふ」
「抜いた」
「三文字で人に恐怖を与えた……？　こ、これがコミュ力の差だというの⁉」
：ちゃみちゃん正気に戻れ！
：正直かわいかった
：ノリだけで言い始めて引けなくなったんやろなぁ
：これをコミュ力と言い張ったら世界の陽キャ全員セクハラで捕まってるでｗｗ
：このコーナーの為《ため》だけに生きてる
：生きる希望が風前《ふうぜん》の灯《ともしび》ニキ強く生きて
「思わず私の御シコりセンサーが反応してしまった、申し訳ない……」
「『御』を付ければなんでも丁寧になると思ったら大間違いよ」
さてさて、これから行う肝心の『ちゃみちゃんの会話デッキ構築』なのだが、ちゃみちゃんがコラボの時に頻繁に行っている十八番《おはこ》企画である。
大まかに説明すると、こんなとき会話に困ってしまうのよねとちゃみちゃんがお題を出し、それに対して良い対応をコラボ相手と考えるという企画だ。

だがそこは個性的すぎるライブオンの面子《めんつ》、まともなアドバイスに交じってたまに爆笑必至な奇抜意見が出ることからとても人気がある企画だ。
「よし！　それじゃあちゃみちゃんお題をどうぞ！」
「そうねぇ、店員さんを呼ぶベルがなくて店員さんがあまり座席を回らないタイプの人気飲食店だとやばいわね。この前注文する為に店員さんを呼ぶだけですごく時間かかったわ」
：分かりみが深すぎる
：他の客がいるのにでかい声なんて出せんよ……
：店員さん忙しそうだから呼んでいいのか、他の客と被《かぶ》らないかとか考え出すやつや
：皆以心伝心やな
：ん？　つまり俺はちゃみちゃんと以心伝心してるってことは思考が繋《つな》がってるってことで実質S〇Xなのでは？
：思考がしゅわしゅわになってますよ
「うん！　それじゃあ卓上ベルがない人気店で店員さんにストゼロを注文するシミュレーションをやってみようか！」
「なんかへんなの追加されてるけどもうこのノリにも慣れてきたわ。シチュエーションの

場面自体は変わらないからこのまま行くわよ」

よし、ほないくどー！

「まずはテーブルに顔面から突っ伏します」

「もうこの時点で嫌な予感しかしないわ」

「すると心配した店員さんが寄ってきてくれます。なのでここで注文します」

「なるほど！」

「うぇ、うぇヒヒヒ！　て、店員さん、あれをくれよ……あのキメるだけで頭がぶっ飛んじまうあれだよ……！　もう俺あれがないといきていけねぇよぉ‼　ああ、叫んでる、体が、あれをキメろってぇ‼　おけッ！　おけけけけけけッ‼」

「ねぇこれ注文しても出てくるのはストゼロじゃなくておまわりさんじゃない？」

「あははは！　ストゼロだけに人生０ってな！」

「は？」

……は？

……は？

……は？

「あ、あははっ……じょ、冗談はさておいて！　実際コミュ力を高めるのって心を強く持つしかないから難しい問題だよね。筋肉みたいに鍛えれば付いてくるものじゃない」

「ほんとそれよねぇ」

「私も学生時代は自分から話しかけることはすくなかったからなぁ。ブラック企業であちこち取引先とか個人のお客様とかのところに連れまわされたときに一喜一憂してるとメンタルが持たないと思って、吹っ切れた結果常人並みには話せるようにはなったかな。まぁそれでもライブオンの面接とかの特異な場所ではクソ雑魚《ざこ》メンタル全開になるんだけどね」

「あ、そうなのね。やっぱりきっかけとかが大事なのかしら」

「そんな気はするねぇ。私のは完全に荒療治だったけど」

「じゃあさ、淡雪ちゃんが私のきっかけになってくれない」

「ん？　どういうこと？」

「今回の配信だとなんだか自然に喋ることができた気がするの。だからこの感覚が私のきっかけにならないかなぁと思ったわけ」

「つまり？」

「難しい話じゃないわ、ただこれから今まで以上に仲良くしましょうってこと」

「なんだ！　それくらいなら勿論《もちろん》ＯＫだよ！　むしろこの体を更に堪能《たんのう》できると思うとぐ

へへへ」

「……ついでに護身術でも習おうかしら」

：てぇてぇ……のかゾ？

：いいぞぉ～これ
：オチを付けないと気が済まない女ｗ

「ようし配信終了！　ちゃみちゃんお疲れ様～」

「お疲れ様。さて、淡雪ちゃん帰りどうする？　もうだいぶ遅いよ？　私お酒飲んでないし車あるから送ろうか？」

「ん～今日はちゃみちゃんの家に泊まる～」

「え⁉　いいの⁉」

「お、おぉ？」

あ、あれ？　どうせ断られると思ってその前提で言ったつもりだったのだが予想外に異様な食いつきだぞ？

「わたしね！　誰かとお泊まり会するのが夢だったの！」

「そ、そうなの？」

「あ、意味わかんないって思ったでしょ！　人見知りでボッチが常の私にとって友達とお泊まりすることは最高にリア充な行為なんだよ！　憧れなんだよ！　ちゃみリカンドリームなんだよ！」

きらきらと輝いた目をこちらに向けながら聞き取れないくらいの早口でまくしたてているちゃみちゃん。

テンションは明らかに今まで見た中で一番高く、言葉遣いも素が出ているのだろうか若干幼げだ。

「で、でも突然泊まることになって大丈夫なの？」

「あ、それは心配しないで！　ちゃんといつだれがお泊まりに来てもいいように学生時代からお客様用の布団《ふとん》、歯ブラシ、パジャマ諸々《もろもろ》のお泊まりグッズは完璧だよ！」

「学生時代から!?　それだけ健気《けなげ》に準備していたのにお泊まり会したことないの!?」

「ずっとずっとメンテナンスも欠かさずしてたんだぁ～やっと日の目を見られるよ！」

憧れが強すぎるだろ！　もはや執念じゃないか！

ま、まぁ本人は今にも踊りだしそうなほどウキウキだし、私も女の子のお家《うち》に泊まれるなんて狂喜でしかないからいいんだけどね。

なんか大人っぽい雰囲気の人がこう純粋に喜んでるのを見るのもいいな〜、何というかシコいというよりはニコい。思わずこちらまで笑顔になってしまうやつだ。

「あ、お風呂《ふろ》沸かしてあるから先に入って！」

「あ、ありがとー！」

「一緒に入る？」

「はえ⁉」

「もーう冗談だよー！　反応かわいーんだー！」

す、ストゼロをキメているこの私が翻弄されているだと⁉

くっ、対応が読めない！　テンションの上がった人見知りお姉さんはここまで破壊力が高いのか‼

そんなこんなでドキドキさせられながらも二人ともお風呂に入り寝支度も整った。

「さ、さっきはごめんなさい……長年の夢がかなった喜びで我を忘れてたわ」

「いえいえ」

ちゃみちゃんがベッド、その隣に私が本当に清潔に保管されていた布団を敷いて寝ることになった。

あ、そういえば私もお泊まり会とか高校生の頃以来だな。なんだかこっちまでドキドキしてきたかも。

お酒飲んだのは夕食の時だし、お風呂も入ったからそろそろ酔いが覚めてきてるかもしれないな。

ちゃみちゃんも冷静さを取り戻して恥ずかしそうに俯《うつむ》きがちになっている。

「あ、そうだ！　せっかくだから耳かきでもしてあげようか？」

「な、なんですと⁉」

気まずい雰囲気に耐えられなくなったのか、ちゃみちゃんがとんでもないことをいいだした。

そ、それはもしかして毎日のように聴いてるちゃみちゃんのasmrをリアルで体験できるということでござるか⁉

やべぇよやべぇよ……私明日死んだりしないよね？

「ほらっ、お膝にどうぞ！　でもまぁ実はあれだけasmrで耳かきやっておきながら、人にやってあげるの初めてだからうまくできるかわからないけど」

「は、はい」

あまりの神々《こうごう》しさに恐縮しながらその神聖なる太ももに頭を乗せる。

「それじゃあ行くわよ」

いざこの状況を脳裏に焼き付けるよう心行くまで堪能しようと思ったのだが……。

「はぁ……はぁ………っ！」

「ちょっとまってちゃみちゃん手が震えスギィ！　めちゃプルップルしてるって！　このままだと私耳が心配過ぎてEカードしてるときのカ〇ジ君みたいな心境になっちゃうよ‼」

「ご、ごめんなさい！　こんなに人と顔が接近することないから緊張してきちゃって！　深呼吸深呼吸……」

やっぱりちゃみちゃんは期待を裏切らないね！

でも次第にこの状況にも慣れてきたようで耳かき特有の至福の時間になってきた。

本当になんで耳かきってこんなに気持ちいいんだろうね？　自然と目が閉じてしまい開かなくなってしまう。

ものの数分で眠気MAXだ。

「ふふっ、寝てもいいわよ」

「んん……ちゃみちゃんと一緒に寝る」

「あら、いいわよ？」

「一緒の布団で寝たい」

「⁉　い、いいわねそれ！　なんだかすごくリア充っぽいわ！　ふへへ、今私は完全にリア充してるわ、間違いない！」

「んん……本物のリア充は自分のことリア充って言わないと思う……」

結局そんなこんなで一緒の布団で寝ました！　やったぜ！

心音淡雪の清楚奪還計画

ちゃみちゃんとのオフコラボを堪能した翌日、私はちゃみちゃん宅で貰《もら》っていた新兵器を披露するために早速配信を開始した。
「――皆様こんばんは。今宵《こよい》もいい淡雪が降っていますね」
：もう始まってる！
：あわちゃんだー！
：すげぇ、開始時点での同接ほとんどハレルン並みやん
：成長したなぁ
：三期生の遅れてやってきた大本命
：よりあのー……配信タイトルが……

「はい、コメント欄でも触れている方がいらっしゃいますが今回の配信は『心音淡雪の清楚奪還計画』です！」

::草
::この時点で落ちが見えてる
::絵に描いた餅で喉を詰まらせた女
::草しか生えない
::タイトルだけでここまで面白いとはやはり天才か

「おかしいですね？　私大真面目で言ったのですが……笑いどころ0なはずなのですが……」

::うん？　今ストゼロって言ったよね（難聴系主人公）
::（言って）ないです
::人の生きざまで言葉って持つ意味が変わるんやなって
::悟りニキすき

うん、正直こうなるのは分かってたけどね！

「最近ですね、どうも私のことをストゼロの擬人化だとか歩く緑化運動やらグリーンバブーンやら永遠の0やら頭の中に睾丸《こうがん》詰まってますよやら、明らかに清楚ではない呼び方をなさってる方が多い訳ですよ」
：ごめんもう草生えまくって庭になってる
：いくつか初めて聞いたぞwww
：睾丸言うな笑
：どんなことをしでかしたらこんな渾名《あだな》がつくんだ……（畏怖）
「今日の私は本気です！　シュワちゃんとかいう謎の人物の影を完全に払うが如《ごと》く、今日は清楚100％の淡雪をお見せします！」
：お、おう、そうか
：ほんとぉ？
：大丈夫かなぁ……
：ストゼロは9％ですよ、100％は死んでしまいます
：会話のキャッチボールで、受けた野球ボールをサッカーボールにして返すニキすき
：コメント欄疑心暗鬼過ぎて草
：俺は割と期待
：まぁあわちゃんやし結局神回になるやろ！
「今回はカステラ返した後に、皆様をあっと言わせる計画を準備してきたので完璧で

す！」
：まじか！
：これは期待大
：ちゃみちゃまなら安心
：やったぜ
：コメント欄のちゃみちゃまとあわちゃんの扱いの差に草
「さて、まずはいつも通りカステラ頂いてしまいましょう！」
@ストゼロかなーやっぱりw
自分は思わないんだけど周りにストゼロに似てるってよく言われるwww
こないだDQNに絡《から》まれた時も気が付いたら意識無くて周りにストゼロだけ倒れてたしなwww
ちなみに彼女もストゼロに似てる（聞いてないw）@
「ふ、ふふふっ！　プッ、ふひ、お、おほほほおほほほ！　お、面白いカステラですね！」
：爆笑するの必死にこらえてて草
：これは流石《さすが》に笑う
：ストゼロに似てるは100パー褒められてないだろwww

：彼女がストゼロに似てるのか……（哀れみ）

＠淡雪、教えてくれ……俺達はあと何回スパチャすればいい？　俺はあと何回ライブオンのライバーにスパチャすればいいんだ……。ストゼロは俺に何も言ってはくれない……。教えてくれ、淡雪！＠

「どうしてまずストゼロに答えを求めたんですか……スパチャは無理ない程度が一番ですよ！　苦しんで送るスパチャはライバーが悲しんでしまうと思います、少なくとも私はそうです！」

：ようゆうた！　それでこそライバーや！

：ライブオンのおかげで仕事にモチベーションが出て出世しました

：おー、ええやん！

＠ストリー〇ファイターシリーズで好きなのはどれですか？＠

「ふんふん！　シリーズならＺＥＲＯって言わせたいんでしょうけど、実際のところは４か５シリーズですかねぇ。あとキャラクターだとかりんとか好きです」

……これ見た目で清楚そうなキャラ挙げただけなのでは……？

：草

：これはいつかぜひシュワちゃんにも答えてほしい

@もしストゼロを使ったデザート作ったら……
　レシピ教えるので自分で作って食べてくれます？@
「いや作るの私ですか！　ただレシピは『料理好きの』私からしたら興味津々《きょうみしんしん》なのでぜひ教えてください」
：料理できるアピールで草
：アピールと同時にストゼロの有効活用メニューも手に入るやり手ムーブ
：実質ストゼロをつまみにしてストゼロ飲むことになりそう
@ゆうべはお楽しみでしたね@
「ふふふっ、実は皆様の思っている以上にお楽しみだったんですよ？　後で話しますね！」
：なに!?
：ガタッ！
〈宇月聖〉：全裸待機
：ナニが！　ナニがあったんですか!?
：コメント爆速になったwww
：聖様が全裸待機言うと本当に脱いでそうで草

「さて、それでは皆様も待ちきれないと思うので、早速ちゃみちゃんからもらった秘密兵器のお披露目です！」

最近ただでさえあわちゃんとシュワちゃんの境界線があやふやになってきたと言われてるからね！

たまには皆に清楚な淡雪を思い出してもらわないといけない！

さぁイクゾー！

デッデッデデデデ！（カーン）デデデデ！

……こういうネタが頭に浮かぶ時点でもう手遅れなのではないか？

ま、まぁ気を取り直して！

「うふふ、今日はこんな感じでやっていこうかと思いまーす」

新兵器、ちゃみちゃんからもらったasmr用マイクの登場だー！

声色も若干小声かつ吐息交じりのウィスパーボイスに切り替える。

：ふぁ!?

：ペロッ！　これは青酸カリ!?

：asmrですよって言いたいけど多分ニキご臨終してる
：なるほど、ちゃみちゃんだもんな

：酒臭そうって言おうとしたけどこれは正直ヤバめ
：清楚ちゃんカワイイヤッター！
：声は素晴らしいものがある
：耳が孕《はら》む
：これがストゼロで鍛えた声帯の力か……
「はーい今ストゼロどうこう言った人にはお耳にストゼロ流し込みまーす。炭酸シュワシュワ気持ちいいねぇ？」
：ヒェ!?
：ほら喜べよお前ら炭酸系の asmr 好きだろ？
：耳元で言われると本当にゾッとして草
：許して亭許して！
：まさかシュワちゃんはあわちゃんが耳からストゼロを入れた結果頭がシュワシュワになった状態の可能性が微レ存？
：斬新すぎる飲酒方法、あわちゃんじゃなきゃ見逃しちゃうね
「まぁ冗談はさておいて、さっき許可ももらったので昨日のちゃみちゃん宅での出来事でも話していこうかなと思います。実はですねぇー、ちゃみちゃんの家にお泊まりしちゃっ

たんですよ！」
：なぬ!?
：3秒間待ってやる！　時間だ！　続きを聞こう！
：せっかちム○カすこ
：まぁ実際のム○カも50秒くらいしか待ってないですしお寿司《すし》
：ロリコンであり百合《ゆり》好きでもあったのか（ドン引き）
：淡雪の体がvirtualなのかストゼロなのか、それすら我々の科学力ではわからないのだ
〈宇月聖〉：私の家にも泊ヤラナイカ？
「身の危険を感じたので今回はお断りします」
〈宇月聖〉：(´・ε・`)
：草草の草
：文章ですら隠しきれない欲望
：性様相手にたまに出るドSあわちゃんすこ
：全裸待機してる人にそんなこと言われたら当然の反応やろwww
「話を戻しまして、最初はお泊まりする予定はなかったんですけど、私が試しに言ってみたらちゃみちゃんお泊まり会に凄《すさ》まじい憧れがあったみたいで本当に泊まることになった

んですよ。VTuberとしてこの出来事はリスナーに話す使命があると思ったので事細かに説明しますね！」

：流石よく分かっていらっしゃる
：女に関してだけは有能な淡雪
：最低最悪の通り名が増えて草
：そんなことないぞ！　笑いに関しても超有能や！
：やっぱりお笑い芸人の方ですか？
：ちゃみちゃんお泊まり会したことなかったんやろな……
：毎日泊まりに行って、どうぞ
：それ同棲《どうせい》っていうんやで
：閃《ひらめ》いた！

「まず夕飯なんですけど二人でオムライス作って食べました！　ふふっ、ちゃみちゃん私がいるから緊張して卵に包むの失敗しちゃってしょげてましたよ、かわいいですよね！　顔真っ赤にして『い、いつもはこんなの余裕なんだよ！　なんで今日だけ……』とか言ってました」

：ちゃみちゃん安定のクソ雑魚《ざこ》メンタルかわいい

：むしろ失敗したのが食べたい
：ちょっと分かる
：これからこのささやき状態で尊いエピソードが連発されるのか、たまらん
：awa is god
：淡雪ちゃんは清楚《せいそ》なんです！　淡雪ちゃんは清楚なんです！　（幸福なのは義務なんです感で）

ふふふっ！　見よこのコメント欄！　完全に私が清楚だということが証明されましたね！

おい今ちゃみちゃんのおかげ100％だろって思ったやつ表出ろ。

「まぁいざ食べるって時になってちゃみちゃんのマネージャーさんのせいでストゼロが出てきたんですけどね……」

：まじかwww
：マネージャー有能で草
：流石ライブオン期待を裏切らない
：これはマネージャーにスパチャ案件

「ええと、その次はですね、配信後に別々に入りはしたんですけど、お風呂《ふろ》入った後の髪

を乾かしてあげました！　いやぁもうサラサラでずっと触っていたくなりましたよ！　私もそのあとしてもらいました！」
：おほ――――（〝ε〟）
：尊死ゾ
〈柳瀬ちゃみ〉：外に出ないから髪の毛が傷つかないだけだったりするわ
：草
：本人おるやんけ！
：理由に泣いた
「ちゃみちゃんそれなら今度は遊園地でも行こうか！」
〈柳瀬ちゃみ〉：準備するわ
「ちょ！　行動がはやいはやい！　落ち着いて！」
：ちゃみちゃんめちゃ内心喜んでそうw
：フタリガトウトイ、アッー！
：また懐《なつ》かしいネタを……
「え、ええと、その次は寝る前に耳かきしてもらっちゃいました！」
：ファ!?

：なんて羨ましい……
：asmr 実体験やん！
：ちゃみちゃんがシュワちゃんに棒を突っ込んで気持ちよくさせて、一緒のベッドで寝る。実質セッ〇スでは？
：無自覚攻めちゃみちゃん×酔どれ誘い受けシュワちゃん
：薄い本でそう
「本当に私耳かき好きなんですよねぇ。昔やりすぎて耳赤くなって病院行ってからはたまにするだけにしてますけど」
：www
：昔からリミッターなかったんやな……
：中毒性あるものに弱すぎだろ笑
：asmr なのにたまにホラーチックなことを言うからリラックスできないの草
：ま、まだ全然清楚だから！
しまった、耳かきへの情熱が強すぎたせいで油断してまた方向性が清楚から逸《そ》れてきてしまった！
まだだ、まだ終わらんぞ！

「は、ははは っ、さ、最後は仲良く一緒の布団《ふとん》で寝ちゃいましたよ！」
：キマシタワー
：ま？
：こんなん実質結婚やん
：生きてきて良かった
：ふーん、エッチじゃん
「耳かきで眠気が来てたので私の方が先に寝ちゃったんですよねー。あ、でも寝起きは私の方が早かったですよ！　ふふっ、せっかくなので朝食作ってたらちゃみちゃんも起きてきたんですけど、『淡雪ちゃん……？　夢かぁ……』って言ってまた寝ちゃったんですよね」
：にやにやが止まらん
：ちゃみちゃま萌《も》え
：外見とのギャップが最高
〈柳瀬ちゃみ〉：あれはお泊まり会が初めてで気分が高揚して寝るの遅くなったから寝ぼけてたのよ
：子供か！

「うふふ、そのあと朝食ができたのでまた起こしに行ったらやっと状況を理解して顔真っ赤にしてあわあわしてましたね」

：朝チュンエピ聞けて満足

：これは清楚確定ですわ

：ようやった！　それでこそ清楚や！

ふっ、どうやら今回は私の完全勝利で幕引きとなりそうですね。

ライブオンの清楚枠は完全に奪還したといっても過言じゃないのではありませんか？

う～ふっｗふぁ～はぁ～はぁ～～ｗｗふぁあ～はぁ～はぁ～はぁ～はぁｗｗわ～はは～は～は～ｗｗｗｗう～～は～はｗｗ（パ○ガス感）

「よし、レポはこんなもので終了ですかね、時間も時間ですので配信もそろそろ終わりますよー」

：乙

：乙です！

〈宇月聖〉：尊すぎて気を失ってた

：よくやった、このお泊まり会が世に知らされないのは人類の損失だ

：おつー

さて、実は明日はきっとライバー人生において忘れられない日になる予定だ、備えてしっかり睡眠をとるとしよう！

収益化記念配信

「はぁ、はぁ」

いつものように配信を開始しようとPCを繋《つな》いだモニターと向かい合っている私だが、その心情は明らかに普段とは違っていた。

心拍数が上がり息が切れそうになる。ここまで配信前に気分が高揚したのは初配信の時以来かもしれない。

焦《あせ》る気持ちをなんとか抑え込み、震える指で配信を開始する。

ストゼロの飲みすぎで禁断症状出てるわけじゃないよ！　むしろ今素面《しらふ》だよ！

これだけ気持ちが高ぶっている理由、それは……。

「皆様こんばんは。今宵《こよい》もいい淡雪が降っていますね！　さてさて、今回は収益化記念配信です！　しかもましろんが描いてくれた新立ち絵のお披露目に他にも盛り沢山な内容ですよ！」

：キタ――――(。Д。)――――¥500
：¥155
：プシュ！
：¥155
：プシュ！
：¥155
：(収益化が)遅すぎるっピ！　¥10000
：おめでとー！！　¥1000
：ニート卒業配信と聞いて　¥3000
：お、清楚モードスタートやん！
：¥155
：本性がばれたこのタイミングで新立ち絵……？　なんかオチが読めた気がするぞ笑
¥800

そう！　今日は待ちに待った収益化が通った記念配信なのだ！
あぁ、コメント欄に目に追えない速度で大量のスパチャが飛びかってる……。

もうね！　最高の気分だよ！　私が経済を動かしてる！
もしかしたらそんなに喜んでお金の為《ため》にやってたのか！　と怒る人もいるかもしれないけど、嬉《うれ》しいものは嬉しいんだから仕方ない！
今まで人生どん底だった落ちこぼれが成り上がった瞬間なのだ、だれが何と言おうと私は今嬉しさの極地にいる！
あああぁぁ……私は今世界一の幸せ者だぁ……。
「皆様本当にありがとうございます！　今私素面なんですが、本日はめでたい日なので度々コメント欄にて見かけましたストゼロというお酒を『初めて』飲んでみようと思います！」
：は？
：は？
：は？　¥1000
：はい、ここまでテンプレ
：はいはい天ぷら天ぷら　¥500
：¥155
「あと、不思議なことに155円のスパチャが異常に多いですね。本当に謎ですけど土下座で感謝します。これで私はあと10年は戦える」

：なんで155？

：コンビニで丁度ストゼロ買える額なんやで

：草

：これ以上ないくらい嬉しそうで草

：神聖三桁や

：**俺も送ろ　¥15500**

「さて、それでは今日は350mlレモン味で乾杯したいと思います！」

プシュ！

：プシュ！

：プシュ！

：ワイもプシュ！

「それでは——乾杯！　ごくっごくっごくっ……ぷはあああ!!」

：かんぱーい！

：めちゃうまそうに飲むやんｗ

：とてもストゼロ初めてとは思えない飲みっぷりで草

：なんか一緒に飲むのええなぁ　￥5000

：これは酒テロ

ああやばい、この収益化による心の充実感とストゼロの愉悦ダブルコンボ、んぎもじいいいい‼

これで家賃払うたびに通帳の残り残高とにらめっこして冷や汗をかくこともないし他のライバー達がやってたゲームも買える。

ああ、この心の柵が抜けたような解放感……なんかこみあげてくるものがあるなぁ。

「ぐすっ、うう……本当に幸せ……」

：ふぁ⁉

：泣いた⁉　こいつストゼロ飲んで泣いたぞ⁉

：えぇぇ（困惑）

：水を得た魚って言おうとしたら自分の体から水出し始めて草

：淡雪こわれる

：あわちゃんが、しゅわちゃんになっちゃう！

「いや、だって今まで人生でここまで嬉しかったことないですよ！　学生時代も地味で目立たなかったし、社会人になったらブラック企業に尊厳破壊されつくしたから、そんなダメダメだった自分が今これだけの人に愛されてると思うと涙もでてきますよ！」
：泣いた
：生きろ　そなたはおもしろい　¥20000
：個人的に下手に謙遜されるよりこれくらい喜んでくれたほうがスパチャ送るこっちも嬉しい　¥5000
：それな
：¥155
：もっと幸せになって、どうぞ
「ううう、みんなありがとう！　もう今度ストゼロカートン買いしちゃう！」
：え
：まずいですよ！
：スパチャやめた方がよくね!!
：健康の為なら仕方なし
：……
：……
：……

：あれだけ流れてたスパチャ一発で止まって草

「いやいやいや嘘《うそ》！　嘘だから！　ちゃんと休肝日も週二回とるし飲みすぎもしないようにするからー‼」

：草　￥400

：酔いが来たのか頭シュワシュワしてきたなｗｗｗ

：ほんと人間味丸出しなところすこ　￥1000

「ふ、ふぅ！　さて、そろそろ一本目も空なので新立ち絵のお披露目行きましょー！　更にそのあとはカステラ返しながら凸待ちするよー！　さぁ、二本目ロング缶開けると同時に新立ち絵いくどー！」

ストゼロの空くプシュ！　の音と同時に立ち絵を例のだぼだぼのI♡Tシャツにショーパンのみを身に着けた立ち絵に変更する。

：プシュ！

：ロング缶なら200円超えるからコメント表示できるな　￥211

：ほんまや！　￥211

：てか立ち絵がｗｗｗ

：これはシュワちゃんですわ、間違いない

：これは流石《さすが》に草超えてシシガミの森
：これで百合《ゆり》好きじゃなく腐女子だったら間違いなく腐海って言われてる　¥251
〈彩《いろどり》ましろ〉：会心の出来
：ましろんやん！
「ましろーん！　描いてくれて本当にありがとね！　大好き！」
〈彩ましろ〉：僕もだよ、収益化おめでと、後で凸するね　¥10000
：尊い
：キマシタワー
：この二人のカップリングほんと好き
：カプ名はシュワシュワましましや！
：草
：某黄色いラーメン屋かな？
「赤スパまで……もう！　凸まで全裸待機します！」
〈彩ましろ〉：せっかく描いた服脱がないで
：www
：相性ばっちりやなww

：草
「さて、それじゃあそろそろカステラ返しながら凸待ちしていくどー！」
＠万が一、億が一にでもストゼロを止めることがあったら、代わりにどのお酒を飲みますか？＠
「作ります」
：おいｗｗ
：密造酒じゃねえか！
：犯罪で草
「ちゃんと起業して許可取って作ります」
：愛が重いｗ
：**支援まったなし　￥5000**
：頭の中のストゼロが製造法教えてくれそう
＠壺婆《つぼばばあ》「ねぇ今どんな気持ち？」＠
「壺《つぼ》カスううう‼　○ねえええええ‼」
：草
：本気の恨みを感じる笑

：続きまってます！

＠ストゼロ「ところで、このロング缶を見てくれ　こいつをどう思う？」すごく・・・大きいです・・＠

「ウホッ！　いいストゼロ……」

：ウホッ！（清楚《せいそ》）

：どんなネタでも通じる女

：ストゼロに個体差があるのか（困惑）

：まぁストゼロって実質ペットだしな

：ファ!?

＠ストゼロの良さを三十文字以上五十文字以内で答えよ。さすればストゼロが降りてくるだろう。＠

「ストゼロよ、すこすこのすこ　すこゼロさ」

：三十字以上ですらねぇ！

：俳句 www

：すこゼロ好き

：大草原

@目標にしている配信者さんって居ますか？@
「うーん、悩むけどやっぱり一番に浮かんだのは晴先輩かなぁ。あんな風に一番に立って多くの人を引っ張れる配信者になりたいな」
：やっぱハレルンだよな！
：王道を征く
：三期生入る前に言われてた『三期生を全て足して割ることを忘れた女』っていう渾名《あだな》好き
：シュワちゃんとコラボしたら絶対神回になる
@今まで素を出さないようにするの大変じゃなかった？@
「うーんどうなんだろ？ 前はかなり配信前に気を引き締めたりしてたから、今思ってみると張り詰めた感じはあったかもしれないなぁ」
@好きな物ならたとえ醜態を晒《さら》したとしても
とことん全力で楽しむのが人として正しいと思います。
全力でストゼロガンギマリ過ぎてBANされないようにね。
路線変更しても淡雪ちゃんの事は大好きです！
素の自分を出すのは素面《しらふ》だとまだ怖いかもしれませんが

気兼ねなく素の姿を出せる日が来ることを願っています。@

「ありがとー！　でも最近ね、素の自分のことを受け入れられるようになってきたんだよね。清楚な淡雪を捨てるつもりは全然ないけど、新たな武器を手に入れたみたいに捉えられるようになったの！　きっとこれも配信を楽しいって言ってくれる皆のおかげだね！」

：いい話だなぁ……　￥3000

：まじで今はライブオンの中でも屈指の人気ライバーだからなぁ

：凄《すさ》まじいキャラだけど憎めないのはライブオンの人事流石だなって思った

：ホントに報われてよかった　￥3000

：ヒント、頭文字を横読み

「お⁉　ちょっと待って凸来た！」

ウキウキで通話画面を確認する。

凸に来てくれた最初のライバーは……光ちゃんだ！

「こんぴかー！　祭りの光は人間ホイホイ！　祭屋光でーす！　シュワちゃん収益化おめでとー！」

「ありがとー‼」

：こんぴかー！

：三期生の良心や
：良心……？（日常的に十時間越えゲーム耐久）
：大丈夫か？　この女光ちゃんのママとなりシコってた女やぞ　￥1000
：？？？　どういうことや（初見勢）
：悲しいことに言葉通りの意味なんや……
：当たり前のようにシュワちゃん呼びなの草　￥600
「信じられないくらいの来場者数……シュワちゃんホント人気者になったなぁ。えへへ、なんか感慨深いね！　こんなこと言うと変かもしれないけど、毎日頑張ってたの知ってたから娘の成功を喜ぶママみたいな心境だよ！」
「頑張れたのはずっと気にかけてくれた光ちゃんのおかげだよ！」
「ありゃま－！　えへへ、ちょっと泣きそうかも」
「なんか配信なのに恥ずかしいね！　あと私は光ちゃんのママになりたいなぐえへへへ‼」
：は？
：最後のシュワシュワ頭のせいでてぇてぇ寸止め食らって草
：悔い改めて

：帰って、どうぞ　￥1919
：そうだよ（便乗）￥810
：配信の主役がこの扱いであるwww
「そ、それはそうと光ちゃん！　これからはゲームとかも買えるから今度一緒になにかしようよ！」

「お、いいねぇ～！　あ、今度ダン○ボコントローラーでダーク○ウルプレイするけど、一緒にマルチやっちゃう⁉」

「……ほ、他になにかないかな？　ほら！　専コン繋《つな》ぐの大変そうだし！」

「うーん、それなら目隠しお絵かきの里でどうだ！」

「なんでそんな苦行ばっかなの⁉　お絵かきの里に至っては目が見えなかったらゲームとして成立しないでしょ‼」

「心眼を鍛えるんだよ！」

「心眼って……なんのために？」

「だってなんかかっこいいじゃん！」

「そうだと思った、光ちゃんらしいね……」

：草

：いつもの光ちゃんやｗｗ
：発想がドMのそれ
：光ちゃん鬼畜ゲー好きだからなぁ
：ここでほいほいついていかない辺りまだあわちゃんの人格残ってそう
「ご、ごめんごめん！　テンション上がりすぎて完全に自分の好みで選んじゃった！　うーん、それならシュワちゃんはなにやってみたい？」
「うーん私かー。エロゲーかなーやっぱ」
「エロゲ⁇　なにそのゲーム？」
「盛り上がるゲームだよ、いろんな意味で」
：ファ⁉
：下ネタじゃねぇか！
：前言撤回こいつはシュワちゃんだ
：エロゲで草
：大草原不可避
：光ちゃん逃げて！
「みかんソフトのエロゲーとかやりたいぜ」

「あ、みかんソフトは聞いたことある！」

「え……ちなみにどこで？」

「切り抜きで見たんだけど、前に聖様が配信中にミスでいきなりゲームが起動しちゃって、そのゲームの第一声が『みかんソフト』だったんだよ！」

「配信中になにやってんだあの変態ガチ百合女」

：おい wwww

：とても先輩に対する渾名とは思えない笑

：今日のお前が言うなスレはここですか？

：自己紹介かな？

〈宇月聖〉：ドSなシュワちゃんもちゅき

：本人で草

：喜ぶのか（困惑）

：だめだこいつら、はやくなんとかしないと

：本当にこの二人仲良くなったなぁ

時間も時間なので、名残惜しくも光ちゃんの凸はここらへんで終了になった。

その後はコメント欄にも来てくれていた聖様が凸しに来てくれたり——

「淡雪君、一緒にサノバヤラナイカ？」

「エ〇ゲコラボは草、まぁやりますけど。あ、そういえば凸の定番ネタやりたいので聞きますね、今パンツの色何色です？」

「はいてないよ」

「収益化記念配信で収益化剝奪させる気ですか？」

「おかしいな、質問に答えただけなのに怒られたぞ？」

さっきの告知通りましろんが来てくれたり——

「新立ち絵の見どころはダボTのチラリズムとダボTとショーパンのマリアージュによるはいてない風の太ももかな」

「煩悩《ぼんのう》が詰まったような立ち絵だね！」

「それ褒めてるの？　まぁその通りなんだけど」

更にはシオン先輩まで来てくれたりした——

「あ、シオン先輩」

「ん？　なあに？」

@シュワちゃん。シオンママに哺乳瓶にストゼロ入れて呑《の》ませて貰《もら》いたくないですか？@

「これと似たような要望が沢山来てるんですけど、どうします？」

「意味わかんないよ！」

〈宇月聖〉：ガタッ！　￥50000
「ちょ！　なにやってるの聖様⁉」

「これは引けないですねシオン先輩……」

「え⁉　本当に⁉　本当にする流れなのこれ⁉」

「乗るしかない、このビッグウェーブに！」

「乗れてるのは二人だけ！　私流されてるだけだから！　まぁどうしてもって言うならいいけど！」

「いいのか（困惑）」

こんなに多くのライバーが来てくれるなんて、本当にライブオンはあったけぇなぁ……。

お、またまだれか来たぞ！

「うふふ、こんばんわ。みんなを癒《い》やしのきょくぢ……極致に案内する柳瀬ちゃみお姉さんがきたわよ」

「はい！　というわけで同期のちゃみちゃんがきてくれました！！　これで同期は全員来

てくれたことになるね！」
：噛《か》んだ
：平常運行だから気にしてやんな
：声ブルッブルに震えてますよ
：震わすのは胸だけで、どうぞ
：ちゃみちゃまは外見と中身のギャップならシュワちゃんと並んでるまである
：こんな色っぽい見た目しておいて人見知り拗《こじ》らせまくってるからなぁちゃみちゃま
：**てかなんでもっと早く来なかったんや！　もうこいつ頭の中シュワっシュワのハッピーセットやで！　¥5000**
「うふふ、本当は最初から配信見てたんだけど、誰かと通話タイミング被《かぶ》らないかとかなに話そうかとか考えてたらいつの間にかこんなタイミングになってたわ」
：コミュニケーションが苦手な人あるある、周りを気にしすぎてタイミングを失う
：分かりみが深い
：見た目は大人、頭脳は俺ら
：ソ、ソロ配信の時はセクシーなお姉さんだから！
「ちなみに今緊張しすぎであれだけ考えてた会話デッキ全部忘れたわ」

：死のデッキ破壊ウイルスかな？　￥10000
：草
：ぽんこつお姉さんすこ
「ねぇちゃみちゃん」
「ん？　な、なにかしら？」
「結婚してくれない？」
「はいいいぃいぃい!?」
：いつもの
：初手求婚安定
：安定どころか場合によっては人生詰むレベルの危険手なんですがそれは
：精○スプリンクラーならぬストゼロスプリンクラー
：体からストゼロだすのか（困惑）
：まぁシュワちゃんから出る体液なんて全部ストゼロみたいなものだし
：ひらめ……ひらめいっ………閃《ひらめ》かない
「いや私ね、最近毎日ちゃみちゃんのasmr聴きながら寝てるの」
「う、うん、ありがと」

「だからね、もうちゃみちゃんなしじゃ眠れない体になっちゃった。もうちゃみちゃんがいないと生きていけないね」

「え、えええ⁉」

：草

：ストゼロなしじゃ生きていけないの間違いでしょ

：いや、両方だな

：酒と女なしでは生きていけない女、淡雪

：業が深すぎる笑笑

「もうこれはね、ちゃみちゃんには私をこんな体にした責任を取ってもらって結婚しないとだめだと思うの」

「そ、そうなの？」

「そうだよ！」

：**そうだよ（便乗）￥810**

：流されそうになってて草

：ちょろちょろｓｅｘｙポンコツ人見知りお姉さん

：属性の暴力、アルバ〇リオンかな?

：ちょっと待て！　その理屈で行くと俺らとも結婚してもらう責任があるぞ！

：そうだよ（便乗）!!

：**そうだよ（便乗）!!　￥30000**
：みんなこぞって便乗しだして草
「責任……とってよね！」

「わ、分かったわ！　私は私なしじゃ生きていけなくなった皆と結婚します！」

「成し遂げたぜ」

そんな流れでちゃみちゃんが皆の嫁になったところで凸は終了となった。

ちなみに後日《皆の嫁》がちゃみちゃんの代名詞になってめっちゃ照れてた。たまらねぇぜ。

お、また凸来た！　やばい！　この流れだともしかすると全員来てくれるかもしれないぞ！

「やほー！　みんなの心の太陽、朝霧《あさぎり》晴が昇ってきたよ！」

「!?!?」

一瞬、私の時間が完全に止まった——

初日の出

「え、まっ、ぇあ、はれっ…………あ、なんだそういうことか！　わーうれしいなーやったー」
：ついにｷﾀ━━━━(ﾟ∀ﾟ)━━━━
：ハレルン！
：ライブオンの諸悪の根源！
：生きるサブカル
：なんで最後そんな棒読みなんや www
：あれ？　さっき尊敬してるみたいなこと言ってたから来たらもっと発狂すると思ってたんだが
：いやまて！　こいつネコマの可能性があるぞ！
：あ、なるほど笑
　そうっ！　最初は取り乱したものの、憧れの晴先輩が来てくれたのにもかかわらずこの塩対応、それは凸の送り主からこれが晴先輩の物まねをしたネコマ先輩だと気が付いたからだ！

ネコマ先輩物まねがめちゃくちゃうまいからよく配信でも披露してるんだよね。

いやぁ、ネコマ先輩もバレるのを分かったうえでネタとしてやってるんだろうけど、それにしたってクオリティ高いなぁ……もう本人にしか聞こえないじゃん！

……いいこと思いついちゃった！　あえて返答に困る質問をしてネコマ先輩を困らせてやろう！

それではまずいつものから♪

「晴先輩、私アーカイブも配信も全て見てるくらい晴先輩のこと好きなんですよー、結婚してくれません？」

「いいよー！」

「え」

許可されてしまった！　え？　大丈夫これ？　ネコマ先輩あとで晴先輩に怒られたりしない？

「……こ、今度一緒に歌コラボとかしませんか！」

「歌コラボ！　いいね！　実は晴もシュワッチと歌ってみたいと思ってたんだ！」

「お、じゃあ一緒にニホン〇ミカタ－ネ〇ダカラキマシタ－とか歌いません？」

こ、これならどうだ！

「良《い》いよ！　最高に盛り上がりそうだね！　その次は俺ら東京○行ぐだとか歌っちゃおうか！」

あるぇ～？　全く通じないゾ～？

「………一緒にコオロギとか食べます？」

「いいよ！　虫だってちゃんと食べられるってこと広めちゃうか！　一種類だけだとつまんないから幼虫とーデュビアとータランチュラとー」

「ヒエッ⁉」

：無敵で草

：シュワッチwwwウルト○マンじゃねぇかwww

：ネコマ……いいやつだったよ……

：ネコマこれはハレルンに虫食わされますわ

：んん？　これネコマ……んん??

「さ、最後に下着の色何色ですか？」

「黒のえっちぃのだよ」

「うおおおぉぉぉぉ⁉」

こんな感じで最後まで翻弄されっぱなしで晴先輩に扮《ふん》したネコマ先輩の凸は終わったのだった。

てかこれネコマ先輩大丈夫？　明らかに物まねでやっていいライン超えてなかった？

それが一番心配だ。

「……あれ？」

なぜかもう一回ネコマ先輩から凸来てるぞ？

「にゃにゃーん！　ストゼロの匂いに誘われて参上！　昼寝《ひるね》ネコマだよ」

「え？　あの、これ二回目なんじゃ？」

「ん？　あ、さっきのはそばにいた晴先輩だぞ」

「……はい？」

「さっきの晴先輩だぞ」

「……」

「本人だぞ」

全身から一気に血の気が引いていく。

え、もしかして私憧れの晴先輩にとんでもないこと聞いてた？

求婚から迷（名）曲コラボの誘いから食虫からしまいには下着の色まで……。

「せっかくの収益化だから張り切ってサプライズしないとって晴先輩張り切ってたぞ」

「いやあああぁぁぁ‼‼」

「草だね」

待ちに待った収益化記念配信は、一応はライブオン所属ライバー勢ぞろいの有終の美で終わりました！

閑話　ある日のましろんの配信

「どうもこんましろー。ましろんこと『彩ましろ』です」

：こんましろー！

：生きがい
：あぁぇえ声なんじゃぁ～

：確かにこの中性的だがやわらかい声は一度聞くと頭から離れない
挨拶と同時にどっと勢いを増して読むことさえできない速度で流れるコメント欄。

もう回数を覚えてないくらい配信してるけど、今でもこの瞬間は自分に興味を持ってくれてる人がこれだけ沢山いるという実感があって心が躍るね。

ふふっ、懐《なつ》かしいな。初配信の時はドキドキで配信寸前まで同期のあわちゃんと通話して心を落ち着けてたっけ。

「今日は前の配信で途中まで描いてたあわちゃんの絵を完成させるよー」

：プシュ！
：アカンもうこの途中の時点で分かる愛情たっぷりなやつやん！
：確かに明らかに作業で描いたわけじゃないのが分かるな
：ママだからね
：同期にママがいる女
：渾名《あだな》が増えたww
：V界特有のパワーワードすこ
「ふふっ、僕は自分が描くものならどんな絵にだって最大限の愛をこめるよ。それがプロだと思うしね」
：イラストレーターの鑑《かがみ》
：最大限の愛（おもに胸、太もも、鼠径《そけい》部）
：イラストレーターの鑑（再認識）
「僕は人間としての感性に正直なだけだよ、まずは太ももから描いていこうか。それとさっきの話だけど、まぁあわちゃんに特別な思いがあるのは否定しないよ」
：お？
：てぇてぇくる!?

：キマシてえんか!?

「アバターをデザインしたのは勿論《もちろん》だけど、なんだかんだ僕が初めて交流を持ったライバーでもあるからね。そうだ、あわちゃんからは普段からなんでも喋《しゃべ》っていいって言われてるからちょっとだけ昔話でもしようか」

昔のまだVTuber生活に不慣れだった時を思い出す。

「懐かしいなぁ、あの頃のあわちゃんはちょっと自信なさげだったね」

：確かに

：常識人枠かと最初思ってた

：今は自信を持ったというより恥を捨てたなwww

：シュワちゃん化は誰も予想できなかった……

「確かにねぇ。でもね、僕あわちゃんもシュワちゃんもVTuberへの愛は一切変わってないと思うんだよね。あれだけはっちゃけたこととしててもなんだか憎めないしむしろ応援したくなる。そう思わせるのはあわちゃんが本気でVTuberを愛してるのがなんとなく皆にも伝わってるからだと思うんだ」

：なるほど

：前収益化でガチ泣きしたくらいだからなぁ、人生かけてやってるんやろなって

：どんだけ酒が入っても自分以外のライバーのことすこりまくってるしなぁ
：多分ライバーの知識だったらライブオンで一番物知りでもある
：なんだかんだ一度リスナーの前で約束したことはやり通すのもすこ
　ちょっとリスナーに話すのが恥ずかしいからここでは言わないけど、実は僕でも自信がなくなるときとかもあって、そんなときにも一番真剣に話を聞いてくれたのはあわちゃんだった。
　自信を取り戻させるために僕の好きな面をひたすらに挙げ始めて思わず赤面しちゃったときもあったなぁ……。
「まぁそんな姿を僕ずっと見てきたからさ、応援したくもなるよね。アバターのイラストを初めて見てくれたときも泣いてくれてね、ほんと絵師冥利《みょうり》に尽きるよね」
：娘自慢ママすこ
：もうすでにましろんもあわちゃんに落ちていたのか
：ライブオンのライバーを全員嫁にする勢いな女
：クーデレましろんたまらぬ
「まぁそんなわけで、僕は勿論シュワちゃんも含めてあわちゃんが大好きだよって話でした。今彼女が楽しそうに配信してる姿を見てるとちょっとこみあげてくるものがあるよね。

まぁお酒飲んでると大体はシュワちゃんがとんでもないこと言い出して引いてくんだけど」

：草

：キマシタワー

：最後のがなければてぇてぇの過剰摂取で逝《ゆ》くところだった

：シュワシュワましましをすこれ！　よ！

：なおここまでの話異常なクオリティの高さとスピードで太ももを描きながら語ってる模様

「太ももの座った時のふにっとした感じとかニーハイが食い込んだ感じとかたまらないよね」

：今日もライブオンは平常運航や

第三章

ロングフィット配信

　収益化配信から数日が経《た》ち、心の余裕も生まれて今の私は配信を心から楽しめるようになっていた。

　さぁ、今日は休肝日なので素面《しらふ》での配信頑張るぞ！　なんて気合いを入れていると、突然玄関のチャイムが鳴り響いた。

　私に来客なんて珍しいなんて悲しいことを思いながらドアを開けると、そこには某黒猫の配達員さんが立っていた。どうやら届け物のようだ、しかもかなり大きめの。

　全く中身が想像もつかないのだが、受け取った以上とりあえず開封してみるか。住所バレしたなんて情報は聞かないから怪しいものではないと思うんだけど……。

「あれ？　これってもしかして……」

中身は予想だにしていない物だったが、同時に興味深いものでもあった。……そうだ、今日の配信はこいつを試してみることにしよう！

「――皆様こんばんは。今宵《こよい》もいい淡雪が降っていますね」
：こんばんはー
：おっ、今日は清楚《せいそ》モードか？
：お酒は入ってなさそうだが
：まってた　¥211
：初手求婚デッキ使いリスペクトで、結婚してくれない？　¥50000
「へぁ!?　あ、赤スパありがとうございます！　結婚は私いっぱい嫁いるけど大丈夫ですか!?」
：草
：いきなり不意を突かれたからか変なこと言ってるなwww
：清楚（多妻）
「こ、こほん！　さて、今日はとてもとても『清楚』な淡雪です。今回はカステラ返した後に、《ロングフィット》というフィットネス機器を使って運動をしたいと思います。配信で運動なんて新鮮ですね！」

：推しが嬉《うれ》しそうでたまらねぇぜ　￥2000

：世界一幸せになって、どうぞ

：それってあの棒のやつ？

「そうですそうです。最近ＣＭとかもやってる有名なやつみたいですね。どうやらライブオンの本社から所属ライバー全員宛に運動不足解消の目的で配られたみたいなんですよ」

試しにロングフィットを握ってみる。１ｍ程の棒の中央に小さなディスプレイが付いている形だ。棒はしなる素材のようで折れるような気配はない。

ちなみにこの機器、調べてみたら私基準だとかなり値段のする一品だった。これが無料で配られるとは流石《さすが》ライブオン太っ腹だ。

ご丁寧に「配信で是非どうぞ！」って書いた紙まで入ってたしね。日々配信の内容に悩むライバーにとってはありがたいことこの上ない。

：普通に羨ましい

：ワイ持ってるけど相当本格的やでこれ、自分で運動のきつさとか細かく選べるんや

：分かる。俺みたいな筋トレ中毒だけじゃなく初心者にもおすすめ

：最高負荷と聞いて来ました　¥1000

「あ、結構持ってる方もいらっしゃるみたいですね。発売時にバズったりしてた記憶もありますし、やっぱり人気なんですねぇ。あと最高負荷は何があってもやりません」

：鋼の意思で拒絶してて草

：いつかやってる未来が見える

：まぁ普通にやってもロングフィットきついし良《い》いもん見れるやろ！

：それはある、舐《な》めてかかったら翌日動けんかった

〈祭屋光《まつりやひかり》〉：ねぇねぇ淡雪《あわゆき》ちゃん！　光もそれ届いてたから配信でプレイしてもいい？

「あ、光ちゃん！　全然いいですよ！　後でアーカイブ見ます！」

：まじか！

：あれ？　シオンママも今日は運動やるって言ってなかったっけ？

：マ？　タイミング的に同じ企画っぽいな

：よし、多重視聴の準備だ

：これは比較すると死ぬほど草生えそう

「え、そうなんですか？　なんか不吉なこと言ってる方もいますけど、ま、まぁとりあえずカステラ返しましょうか！」

@シュワちゃんってお料理出来る人？　どの程度出来る？@

「貧乏生活してたのでそこそこ自炊はできますよ、ふふん！」

：ストゼロを調味料に使ってそう

：塩、コショウ、ストゼロって感じで

：ちょっと意外

：自慢げなのかわいい

：これがギャップ萌《も》えか

「ぎゃ、ギャップ？　なんですかーそれ？　ちなみにストゼロは肉料理に使うとやわらかくなっていい感じです」

：なんだかんだコメント答えるのホントすこ

：ストゼロと肉の相性はガチ

：でもそのまま飲みたそうな顔しながら使ってそう

：ちょっとかわいくて草

「ハイ次行きますよ！」

@結婚してください

あ、やっぱり酒飲みはちょっと……

ごめんなさい……@

「あ、じゃあ私大丈夫ですね」

：は？

：は？

「つ、つぎ！」

@（、ε、）Jストゼロ@

「……あ、貰《もら》えるんだったら貰っていきますね」

：一瞬で矛盾して草

：清楚が欲望に負けてる笑

@カステラだと思った？　残念！　シジミだよ！@

「シジミがトゥルル！」

@シュワちゃんの配信見てストゼロ（500ml）に初挑戦したのですが
そのサイズがあまりにも大きくて半分くらいしか入りませんでした
入りきらなかったストゼロが不完全燃焼で困っているのですがどうしましょう@

「あらあら、それは無理して飲んだりしてはダメですよ！　ところでお家《うち》はどちらにありますか？」
：おい！　www
：貰いに行く気満々で草
：間接キスするための功名な罠《わな》の可能性が微レ存
：ちょっと5000ml缶買ってくる
：多すぎで草
「よし！　さてさて、こんなところでそろそろロングフィットやりましょうか！」
正直に言ってしまうとこれが久しぶりの運動なので楽しみだ。
「さて、最初はまずは設定からみたいですね」
ディスプレイを操作して行くと様々な入力項目があるページに来た。どうやらこの機器にはＩＯＴが導入されているらしく、ここで入力した情報を元に適切な運動を開示してくれるらしい。
ちなみにこのディスプレイの画面はＰＣにも共有できるみたいなので、リスナーさんたちもちゃんと見ることが可能だ。
性別やら色々入力してー……。
『同年代と比べるとあなたは普段どれだけ運動している方ですか？』

1かなり運動している
2そこそこ運動している
3あまり運動していない
4全然運動していない
「スーッ……」
なるほど。
：呼吸音で草
：４
：４でしょ
：ニート言ってたしな笑
：汗かくとアルコール蒸発しちゃうからね、品質保ってるんだよ察してやれ
：人間かストゼロかこれもうわかんねぇな
「な、なにを言ってるんです？　私まだピチピチですよ？　まぁ美しい体形維持の為《ため》の日々の運動を考えると2辺りが妥当ですかね」
：は？
：シュワシュワの間違いでしょ

：2が嘘《うそ》だとしたらまずいですよ！
：ここは正直な方がええで！
「え、そうなんです？」
：後で地獄を見たいなら2選んでどうぞ
：ロングフィットを甘く思ったら死ゾ
：一番いいのを頼む（1希望）
「すみません嘘つきました4です、4でお願いしますちなみに太っていないのは本当です」
：はいwww
：**正直に話せてえらい　¥10000**
：運動よわよわだと!?　これはセンシティブに期待
：ちなみに光ちゃんは運動は人並みと言っていたのに迷わず1を選びました
：流石期待を裏切らない
「ええと次は……」
『どれくらいハードなフィットネスを求めていますか？』
1ガチガチ

2しっかり
3そこそこ
4おきがる
「……どうしよ」
：ガチで悩み始めたw
：これは後で変えられるで
：ちなみに光ちゃん（У
「え、ほんとうですか？　それなら3のそこそこでいこうかな」
『あなたの体重を教えてください』
1入力する
2後で入力する
「スウウウゥゥゥゥッ……」
そういえばこんなのあったなぁ。
：迫真の呼吸音
：wktk
：さぁ、どうぞ！　￥2000

：設定するだけでおもしろい女

「えっとー」

カチッ！　カチッ！　カタカタカタ！

「50kgですね！」

：ん？笑

：なんだ今のパソコンいじる音笑

：冗談はよしてくれ

：これ軽いの？

：身長が168cmと高いはずだからかなり軽いと思われ

：おい！　50kgって身長168cmのモデル体重じゃねぇか！

：草

：シュワちゃんならストゼロの重さ測りに行ってた

：大草原や

「あはは、流石《さすが》に冗談ですよ！　体重は後で入力しておきますね」

：伝統芸能体重ばれの前振りですか？

：体重ばれしそうなライバーランキング堂々の1位

：ちなみに某一期生は1・989×10の30乗kgの太陽の重さで行こうとして無理だったもよう
：はたして頭いいのかおバカなのか……

ええと次は……。

『次は本体をあなたの力に合わせて調整しましょう』

お、やっとロングフィットっぽいのがきた！

どうやら上限100の数値で測り、出た数値で本体の硬さが決まって、これを曲げたりすることで運動するようだ。

『全力で曲げてみてください』

「いきます！　ふんっ！」

『50』

「お、これどうですかこれ！」

：クソ雑魚《ざこ》押し込みやめてくださいよwww
：うん、分かってた
：大丈夫？　ストゼロの力借りる？

「は？　見てろよ、おらぁ‼」

『63』
：おっ伸びたやん！
：声がね……
：挑発耐性0
：清楚《せいそ》を捨てて力をとった女
：かっけぇ（思考停止）
な、なんか設定だけですごい疲れたけど、やっとこれでゲーム本編がプレイできるようだ……。
：さぁ、比較視聴始めるぜ！
：ワイもや
コメントを見るに比較視聴を始めるリスナーさんが結構多いみたいだな。よし！　運動神経と配信者、二重の意味で二人に負けないよう頑張るぞ！
『曲げたままキープしてください』
【神成《かみなり》シオンの場合】

「ふん！　うぅ、はぁ、はぁ、ふ、普通に硬いよこれぇ……」

：エッ！

：**たすかる　￥30000**

：吐息はセンシティブの塊

：夜の運動

：画面見てないと下ネタにしか聞こえないｗ

【祭屋光の場合（最高負荷）】

「ぐあっ！　ふふ、これは中々にキツイね、明らかに私の今の実力と比例していない大きな壁だ。だけどその壁を壊してこそ私！　壊してこそ人生！　人生太く生きなきゃな、そうだろ？」

：何言ってんだこの子www

：少年漫画かな？

：一体誰に語り掛けてるんですかねぇ……

：**本人が楽しそうならそれでよし！　￥1000**

：そのでかい壁は機器の設定を使って自分で建てたものなんやで

：草

【心音《こころね》淡雪の場合】

「え、噂《うわさ》には聞いてたけどこれきつすぎない⁉　あっ、くううう、はぁ、はぁ………おヴ」

：おい笑

：途中までエチエチだったのに……

：最後の声完全に日〇大コール

：ほんま運動よわよわなんやなｗ

：マジでゲロらない程度にな！

『スクワット』

【神成シオンの場合】

「い、いや！　スクワットは嫌！　え、やらないとだめ？　そんなぁ……ううぅ……あッううぅ……あッ」

：これはドS歓喜
：もろ喘《あえ》ぎでシコ
〈宇月聖《うつきせい》〉￥50000
：ファ!? 性様!?
：この状況で無言スパチャは意味深だからやめろwww

【祭屋光の場合（最高負荷）】

「ははは！ いいねぇ！ 戦いの中で人は己の中にある闘争本能を蘇《よみがえ》らせる！」
：どうしてこんな苦行で笑っていられるのか……
：もうだめだ、ガ〇ダムに出てくる戦闘狂の強化人間にしか見えなくなってきた
：ゲームに本気な姿勢すこ
：本気過ぎて目が血走ってそうなんですがそれは

【心音淡雪の場合】

宇月 聖
¥50,000

「ヴアアアアアアアアアアァ‼‼　フヴヴヴヴヴン‼　フヴヴヴウン‼（大迫真）」
：うるせぇぇぇ‼
：あれ？　配信いきなり無音になったぞ？
：鼓膜破れてますよ
：せいそ……
：あ、おい待てい（江戸っ子）、叫んでるだけだから多少はね？

『プランク』


【神成シオンの場合】

「あああぁぁあぁぁッ、もうだめ！　はやく！　早く終わってぇ！」

：ヌッ！

：ふぅ
〈宇月聖〉さて、銀河の誕生について考えようか

：おいwww
：賢者モードで草

【祭屋光の場合（最高負荷）】

「命は投げ捨てるもの、逝《ゆ》くぞ」
：やはりヤバい
：ト〇かな？
：ナギッ！
：これを渡しておこう、苦痛に耐えられぬ時に飲むがいい（ストゼロ）
：えっ、なにそれは……（ドン引き）

【心音淡雪の場合】

「オ、オホーー！　んぎぃ！　あああ！　ゔぅ、ゔぅ、あ、あひぃ！」
：あーもう無茶苦茶だよ

：これが噂に聞く水の呼吸ですか？
：0の呼吸でしょ
：抜きゲーかな？
：相変わらずのあわちゃん崩壊で草

「はぁ、はぁ、もうくたくた……」

その後、体力の限界が来たところで配信を終了したのだが、未《いま》だに汗だくかつ息が上がってしまっている。

当初の想像をはるかに超える運動のハードさになぜこんなにきついのかと文句が言いたくなったが、フィットネス器具としてはこれが正解なのだろう。それに久々にいい汗をかいた気分は悪くはないものだ。

皆もたまには運動をすころう！

なお、翌日の朝は筋肉痛で起き上がれない私がいたのであった。

アニカー配信

「いらっしゃいませー！」

とある日の昼下がり、私はゲームショップＧＡＯにて目を輝かせる子供達に紛れてゲームソフトを眺めていた。

理由は勿論《もちろん》ゲームを買うため、しかし前の壺婆《つぼばばあ》と違うのは購入するゲームの規模だ。収益化が通ったことでやっと生活に余裕が生まれ始めたので、少々高値のゲームを実況配信してみようと思い立ち、ＧＡＯに足を運んでみたわけである。

それにしてもゲームショップなんていつぶりに入っただろうか。最新のゲームをやりたいとは思っていてもお金がないやら忙しいやらでいつの間にか遠ざかってしまっていた。

店内を軽く散策するだけでも子供心が蘇ってテンションが上がってきてしまう。このまま買うタイトルに悩むのも悪くないが、今日は買うものを決めてあるのだ。

私は目的のゲームを手に取り、気持ち速足でレジへと向かった――

「プシュ！　ごくごくごくっ！　うおおおおっしゃー！　ガソリン補給完了のシュワちゃんだどー！」
「はい、彩ましろことましろんです。今日はシュワちゃんとアニマルカートをやっていきたいと思うよ」
アニマルカート、通称アニカーは、昔から今に至るまでずっとシリーズが続いている世界的人気レースゲームだ。今回やるのも正式にはアニマルカート8SEというタイトルになる。
ゲーム内容としては、様々なかわいい動物のキャラクター達がアイテムなどを駆使しながら1位から12位までの順位を競うといった感じ。
懐《なつ》かしいなぁ、私も友達の家で過去作をよくプレイしていた記憶がある。
：プシュ！　¥211
：第一声でここまで大草生えたのは初めてだわ www　¥211
：なんて声……出してやがる
：びっくりした、本当に車のエンジン音かなにかかと思った
：地が揺れそうな重い低音で草
：レースで勝つ秘訣《ひけつ》ってのはシュワちゃん自身がカートになる事だ

：燃料補給（ストゼロ）

：腹筋崩壊耐久配信と聞いてきました

：キタキタ！

：名作ゲーがとうとう来ましたな。こんなおっさんですら子供のころ友達と熱中してたわ

：友達いないから昔も今もずっと1人でやってました

：涙拭けよ

「カステラ返した後に暴走すっからよろしく！」

「暴走宣言するってことは確信犯なんだね。ちなみにシュワちゃん免許は持ってる？」

「持ってないよ！」

「さてゲームとはいえまずは無免許飲酒運転、配信が終わる頃にはどれだけ罪が重なってるかな？」

「私の罪を数えろ」

：自分から数えてもらいに行くのか……（困惑）

：過去の配信見たら数秒に一回罪重ねてそう

：流石《さすが》シュワちゃん！　おれたちにできない事を平然とやってのける！

：そこにシビれはするがあこがれはしない！　￥1000

：草

「勿論だけど実際の運転では絶対やったらだめだよ！　絶対だからね！」

「ルールでダメなものはダメだからね」

：はーい！

：お、そうだな

：あたりまえだよなぁ？

：そうだよ（便乗）

：見たけりゃ見せてやるよ（免許証）

「よし皆いこ！　それじゃあカステラ行くどー！」

@ストゼロと結婚したら、ストロング淡雪になる？　ストゼロ側が心音0になる？@

「ストロング吹雪になります」

「上も下も変わってて草」

「てか心音0って名前かっちょいいね！　なんか響きが強そう！」

「思考停止やめて落ち着いて考えてみて、心音0って普通に死んでるだけだよ」

@何フェチ？@

「女の子フェチです」

「これが全マシマシってやつかな」

「ましろんだけにね！」

「は？」

「もう！　そんな冷たい声聞くと興奮しちゃうだろ！　シコりたくなっちゃうだろ！」

「お、行動に移す前に自制したんだ、えらい（諦め）」

「シコっていいのはシコられる覚悟がある奴《やつ》だけだ」

「絶対それ言いたかっただけでしょ、てか覚悟ないの？」

「あるよ！　だが……はたして私でシコれるかな――？」

「ハイ次行こー」

：ここのリスナーにとっては当たり前になってるけどストゼロと結婚ってパワーワードすぎん？

：心音ゼロは某ゲームでトラウマなのでNG
：**ましろんのドSボイスすこ　¥500**
：ましろんとシュワちゃんのドS罵倒ボイス！　発売決定！

：あ、すいません木下ですけど～、片方ミュートとかできますかね？

：シュワちゃんで抜くのはなぜか負けた気がするから無理と息子が言ってくる

：俺くらいの上級者になるとむしろシュワちゃんでしかシコれない
：ストゼロ中毒の人の中毒とかこれもうわかんねぇな
@ストゼロ様にお願いです。
缶開け音「ごくっ、ごくっ、ごくっ！　んんんぎもぢいいいぃぃぃ!!」
耐久60分作っていいですか？
とというか作りました。
作って満足したのですが、さすがに怒られると思い、上げてはいません。
ご認知して頂いてもよろしいでしょうか？@
「いいぞ、もっとやれ」
「この世で最も悲惨な60分になりそう」
@ロングフィットやってますけど、昔運動とかしてたんですか？　あと水分補給にストゼロ要ります？@
「中学生のころに軽くバレーをやってたくらいですかねぇ。あ、レモン味でお願いします」
「運動にストゼロはやばいね、ゲロ式フィットネスになりそう。ちなみに部活はどんな感じだったの？」

「女の子だらけで天国だったよ！」

「うん、僕バレーの感想を聞いたつもりだったんだけどな」

＠私は泉の精です。あなたが落としたのはこの【清楚《せいそ》な淡雪】ですか？　それとも【ストゼロ500ml×二十四本セット】ですか？＠

「ストゼロ500ml×二十四本セット×二十四箱セットです」

「せめて、せめて、欲を出すのなら両方と言ってほしかった」

「清楚な淡雪はあわちゃんが持ってるからいいの！　しゅわちゃんはひたすらしゅわしゅわしたいのだ！」

「便利な設定だなぁ」

「でしょ！」

「褒めてないよ」

：ガンギマリボイス60分とか頭おかしなるで……

：聞くストゼロとか呼ばれそう

：**ストゼロ全振りは爆笑　￥2000**

：JC時代から手遅れだったのか……

：ましろんの淡々とした突っ込みとシュワちゃんのあばれ具合とのギャップがあって面白

過ぎるwww
「はい、それじゃあカステラはこのくらいにしてゲーム始めようか。今からオンライン部屋の番号表示するから一緒にレースをプレイしたいリスナーの人はぜひおいで」
「やだましろん！　一緒にレズビアンプレイしたい人はおいでなんてはしたないわよ！」
「リスナーの中に耳鼻科医はいらっしゃいませんか？」
：耳鼻科医です、レズビアンプレイ希望です　¥3000
：自称耳鼻科医ニキは人の耳見る前に自分の耳検査して、どうぞ
：死ぬ気で参加する
：凄《すさ》まじい競争率になりそう
：はしたないとか特大ブーメランで草
「今回は忖度《そんたく》とか一切なしのガチレースのプレイでお願いね」
「やだましろん！　女の子同士のガチンコ（意味深）プレイ。つまりふたなりプレイってことですねぜひおねが」
「ルールは150CCでアイテムは普通だよ」
「発言すら遮られた！　くやしい……！　でも感じちゃうビクンビクン」
「はい、この酒頭はドMみたいなので見つけたら容赦なく攻撃してね」

「ゥゾダドンドコドーン！」

：いつもより多めにシュワシュワしております
：オンドゥルルラギッタンディスカー！
：さて、今回の配信は一体何回切り抜かれるのか
：ましろんは前も配信してたしそこそこアニカできるの知ってるけど、シュワちゃんどうなん？
：プレイ環境すら整ったの最近やし初心者でしょ

「むむっ！　確かにまだ始めたばっかだけどコースとか操作法は予習めっちゃしてるから大丈夫だよ！」

「さっき聞いたら配信前に8時間やってたみたいですよこの子」

：ヤリスギィ！
：光ちゃんかな？
〈祭屋光〉：やっと耐久のすばらしさに気づいてくれたんだね！
：本人居て草
：耐久とか苦行の話になるとネコマー並みの速さでくるんやなwww

「いやぁ久しぶりにやったけど流石超名作、ドはまりしちゃった！」

「まぁ分からなくはないけどね。さて、キャラとカートはどうしようか」

「私はゾウにしようかな、巨根だし」

「シュワちゃん、それ生殖器ちゃう、鼻や」

「あとエッチだしね」

「え？　一体そのゾウの姿のどこにエロスを感じ取ったの？」

「何言ってるのましろん？　こんな装《よそお》いどっから見ても卑猥《ひわい》じゃん」

「？　まぁいいや、僕はキリンにしようかな」

「キリンとはこれまたえっちですなぁ」

「ねぇ、もしかしてだけどさっきから動物が全裸だからってこと？　シュワちゃんは動物園を青〇島なにかだと思ってるの？」

「よく分かったね！　ましろんも私に一歩近づいたな！」

「この上なく不名誉」

::おい今とんでもない名前出たぞ!?

::青〇島ってなんぞ？

::自由と解放がテーマな南国の楽園ですよ！

::はええすっごい近代的

：夢の国ならぬ性の国
：聖様の国かな？
：修羅の国じゃん
：草
：頭じゃなく股間でキャラクター決めてるの笑う
：世の中のもの全てをエロに直結させてそう
：中学生男子かな？
：キリンはスタイル良くて頭身高いからね、エッチだと感じるのは仕方ないね
：頭身高いどころかキャプテン○並みなんですがそれは
：ましろんまだレーススら始まってないのにえぐい回数突っ込んでるの草
「よし、それじゃあコース決めていこうか！　なにがでるかな♪　なにがでるかな♪」
「ツルツルスライダー、名前の通り地面が滑りやすいコースだね」
「つるつるぺたぺたーも大好きです」
「聞いてません」
「ましろんつるぺただよね」
「何気に失礼だな、まぁ否定はしないけど」

「大丈夫！　貧乳はステータス！　希少価値なんだよ！」
「普通に嬉《うれ》しくないよ」
：貧乳ホント好き
：ましろんも好き
：分かる
：分かる
：貧乳なこと気にしてるましろん好き
：**すごく分かる　¥50000**
：お前らwww
「はい、コントはこんくらいにして、レース始まるよ」
「それにしても地面が全部ぬるぬるなんて、ここでソー○プレイしろって言ってるようなものだよね」
「ゲーム会社に怒られるからやめなさい」
デデッデデデッデデデッデデッデデというやけに軽快な安っぽいＢＧＭと共に始まるレース、このゲームシリーズの定番だ。
「なん……だと……初めの並び私が最下位ではないか⁉」

「レース始まる前の段階で文句言う人初めて見たよ僕」
「よっしゃー！　それじゃあスタートダッシュいくどー！」
「どー」
一斉にスタートするカートたち。最下位スタートとはいえスタートダッシュがうまかったようで8位スタートだったましろんを抜いて中位に上がった。
「ふははは っ！　見たかましろん！　私の方がましろんより放屁《ほうひ》がでかかったようだな ー！」
「スタートダッシュのこと放屁って言うのやめない？　これから間違いなくシュワちゃんおならがでかい人っていじられるよ？」
：www
：墓穴を掘っていく、おならだけに
：は？（威圧）
：VTuberとは思えないほど汚い会話で草
：地獄のお笑いレースの始まりや！
さぁレースが始まりいよいよこのゲームの最大の特徴でもある最初のアイテムボックスの地点まで来た。

ものによってはアイテム一つで大きく順位が変わってしまうゲームだ、1位との距離があればあるほど強力なアイテムが出る。まだ中位にいるからできるなら加速アイテムで上位に出たいな。

配信前にプレイした感想だけど、このゲームは中位の密集地帯が最も危険な気がする。多種多様なアイテムがばらまかれるため非常に被弾率が高いのだ。

余談だけど、アニカも然りなかなかやめられないゲームって何らかの運要素を搭載してることが多いよね。

コースによってはわざと下位をキープして強力なアイテムを入手し、最後の最後で打開を狙うのが有効なコースもあるらしいが、流石《さすが》にそこらへんの詳しい知識はまだ足りない。

だから狙うのは上位での逃げ切り！

だが出たアイテムは直線状に飛んでいき爆発する攻撃アイテム緑ミサイル。ちなみに赤ミサイルもあってそちらは前を走るカートを徹底追尾する。

「うーん緑ミサイルってことは無人機かぁ。微妙」

「その言い方だと赤ミサイルにパイロットが乗ってるみたいになるからやめて、投げられなくなるから」

：言い方www

：ましろん優しい
：ほんとなんで赤ミサってあんな追尾するんかな？

：パイロットがすごいんじゃね、QED証明完了
：クソ雑魚《ざこ》証明やめてくださいよwww
「あ！」

うーん、案の定前の人のアイテムに被弾して最下位付近に落ちてしまった。

「お先に失礼」

ましろんは加速アイテムのバナナを使って上位陣に出られたみたいだ、むむむ！

このコースすごく地面が滑るんだけど、操作自体はドリフトも駆使しながらうまくやってるからそこまで問題ないはず、まだまだこれから！

だけど一緒にプレイしてるリスナーもなかなかの実力者のようだ、最初以降被弾もなく堅実に走ってるがいまいち順位が上がらないまま次のアイテムボックスへ——

出たのは……一定時間スピードアップ&無敵のダイヤだ！

いいぞ、これで中位で一周目終了だ！

しかも次のアイテムは加速三回のトリプルバナナ！　これで前に出る！

「ほろ〇いでも使い方次第では前に出られるんだよ！　アイテムの性能の違いが、走力の

決定的差ではないということを教えてやる！」
「少なくとも僕が知っている限りこのゲームのアイテムに酒はないはずなんだけどな」
：ほろ〇いは草
：なるほど、度数３％だからトリプルバナナ笑
「あ、やばい曲がり切れないかも、落ちる落ちる」
「え、ましろん落下した⁉　ということはましろんがローションまみれのぐちょぐちょに⁉」
「偶然通りかかったサイが盾になって代わりに落ちてくれたので大丈夫です」
「すまんなサイ、私はお前を殴《なぐ》らないかん、殴っとかな気がすまへんのや」
：（サイ）⁉
：落とされたあげくパンチくらうサイ君かわいそう
：エ〇ァ本編ですらかわいく見える理不尽な理由で草
：気がすまへんのや（性欲が）
そんなこんなでいよいよ最後の三周目！　このまま逃げ切る！
ノリに乗ってるしここのショートカットも決めちゃおー！
「は？　おい今私のショトカをアイテムで潰したやつ表出ろ、ぎったんぎったんに」

「あ、それ僕だね、目の前に居たからやっちゃった」

「するのはかわいそうだからグチュグチュにしてやるぐえへへへへへ」

「まだぎったんぎったんの方がマシ」

「お？　ましろんドM説きちゃう？」

「お先失礼」

「無視された……ドM説が来るのは私の方だったみたいだね！　ビクンビクン！」

：これはひどい
：仲いいましろんにはシュワちゃんいつも以上にキマッてんなぁ
：他のライバーが言うと閃《ひらめ》き確定なセリフもあら不思議！　シュワちゃんが言うと爆笑案件！

：ライブオンの芸人枠
：ほとんど芸人枠なのでは……

：草
さて、ふざけてる場合じゃないぞ、もうレースも終点付近なのに最下位間際《まぎわ》だ。

最後のアイテムボックス、頼む、なにか逆転の一手を！

こ、これは！

「親の顔より見たパワフルバナナさんじゃないっすか！」

一定時間中ずっとバナナの加速効果を得られるこいつがあればまだワンちゃんあるぞ！

しかもこのコースはゴール前にショートカットがある！　少し難しいが加速したまま成功すれば上位もある！

よっしゃあ！　ほないくどー！

「もっと親のパワフルバナナ見ろ」

「えちょっとましろんそれ結構下ネタ……」

「え……？　あっ///」

「あ、やべ⁉」

：動揺してショトカ失敗して落ちたwww

：かわいい！　¥10000

：ましろんかわいいいやったーー！　¥10000

：閃いた

：成し遂げたぜ　¥3000

：よくやったシュワちゃん　¥2110

：シュワちゃんも下ネタ連呼してたのにましろんとコメントの反応違いすぎて草

「9位……」

「ふ、ふふふっ！　全て3位でゴールしたこの僕の計画通り！」

「嘘《うそ》つけ！」

まぁ珍しいガチテレましろんが見れたから実質1位だね！　やったぜ！

あれから更に結構な回数レースを重ねた。

初戦があれだったので少し心配ではあったが、二レース目以降は練習の成果もあり割と満足のいく回数上位をとれている。

時間的にも次のレースが最後になるだろう。

いやぁそれにしても本当に楽しいなこのゲーム、リスナーのうけもいいし個人的にはまったから今度また配信機会を設けよう。

ゲームの特徴として常に動きがあるし、リアクションが自然にとれるから見る側も楽しければプレイする側も楽しい、たまらねぇぜ。

「みんなもアニカーをすころう！」

「突然どうしたの？　あれだけのこと言ってたんだから今更媚《こ》び売っても遅いと思うよ？

あとシュワちゃん意外とうまいね、ほぼほぼ経験者の僕と五分五分なのはびっくりだ」
「お金なくて買えないときからずっとライバーの実況見ながら、スマホをコントローラーに見立てて疑似プレイしてたからね！　私だって実質経験者なのだ！」
「今度ライバー皆で大会とかしようね」
「あれ、おかしいな？　いつもより声が優しいぞ？　はっ！　これはまさかチャンスなのでは？　今度私と一緒にS○Xしようぜ！」
「次のコースはどこかな？」
「なんでやねん！」
「シュワちゃん実は本当に芸人目指してる？」
：生きろって言ってんだYO！　￥1000
：聖母ましろんすこ　￥3000
：ライバー大集合大会期待
：光ちゃん大会なのにまた一周遅れでスタートしたうえで1位とれるまで終われません始めないか心配
：上げて落とす天才
「お、コース決まった！」

「レインボーギャラクシーか。最後にピッタリだね」

うげぇ、どうやら作中屈指の難コースが来ちゃったようだ。

宇宙空間っぽいところに作られた虹の道を走る幻想的なコースなんだけど、いかんせん落下しやすいうえにカーブも急だから苦手だ。

慣れたら楽しいんだろうけどまだ経験が足りないから不安だなぁ。

そんなこと考えてる間にも当然ながら時間は待ってくれることなくカートは陳列され、レースを始めようとあの謎のBGMが流れ始める。

もう不安がっていてもしょうがない！　こうなったら違うこと考えて気分を変えよう！

「私の隣にいるライオンさ、たてがみを顔の回りに大量に陰毛生えてると考えたらめっちゃおもしろくない？」

「人生楽しそうだね」

：お茶噴いた

：**唐突すぎだろwww　￥500**

：隠れてる毛だから陰毛なんですがそれは……

：どんな頭をしたらあれを陰毛だと考えられるのかこれが分からない

：コメント欄が陰毛一色になるVTuberとかこれもう分かんねぇな

「ほないくどー！」

「どー」

うーんしっかりスタートダッシュはできてるんだけどカーブに神経使い過ぎだな、4位スタートだった順位がちょっと下降気味だ。しかもこのカーブは落ちやすい……。

あ、案の定ましろんに押されてコースアウトした。復帰担当のフクロウがいなければ即死だったな。

「そうかましろん、君はそういう人間だったな、よろしい、ならば銭湯だ」

「戦争じゃないんだね」

「裸の付き合いを心から希望する」

「光ちゃんとかだったら全然いいんだけどね」

「なんで私はだめなの⁉」

「身の危険を感じるからだよ」

「そんな……でも裸でいちゃいちゃする二人を見るのもありかもしれない！　これがNTRってやつだね！」

「その言い方だと僕がシュワちゃんと寝たみたいな風になるからやめて」

「すいまそーりー」

「どー」

「ほないくどー！」

「せめてあわちゃんとだったら一緒に入れるんだけどなぁ」
「⁉」
「あ、またおちてやーんの」
「げ、言質《げんち》とったからね‼」
「はいはい、機会があったらね」
：ま？　マ？　真？　¥12000
：バタリ（尊死）　¥2000
：うん？　今裸の突きあいって言ったよね？
：まぁ音として言いはしたな、日本語って便利
：小悪魔ましろんすこすこのスコティッシュホールド　¥1000
：精神攻撃によわよわのシュワちゃんもすこ　¥1000
「あ、誰かに後ろからドゥンってされた」
「後ろからドゥン⁉⁉」
「うわびっくりした。急に野獣みたいな声出してどうしたの？　僕後ろのカートに押されただけだよ？」
「ごめん、いきなりましろんがバックプレイの話始めるから」

「誰もそんな話してない。言葉狩りっていうんだよそういうの」

「いや、キリンって雄同士で雌を争って喧嘩《けんか》するんだけど、喧嘩の興奮を性欲の興奮と間違えて雄同士で交尾しちゃうことがよくあるんだって。だからましろんもキリン操作してるから熱いレースの中で私に性的に興奮してしまったのかと」

「なんでそんな性に関してだけ無駄な知識があるのシュワちゃん？　あとそもそも私は雌だから」

「じ、自分から雌発言なんてやっぱり誘ってるのね⁉」

「レースゲームだから車のアクセルは踏んでもいいけど性欲のブレーキはかけようか」

くっ！　ゲームに戻ったはいいがさっき惑わされて落下したのもあってもう二周目に入るのに最下位付近だ。これはなかなかまずくなってきたぞ……。

「おいフクロウ、私を今すぐゴール前まで運べ、ストゼロあげるから」

「堂々と不正を行おうとしないで。あとそれで釣られるのはシュワちゃんだけだから」

これを打開するにはなにか大きな一手が必要だな……。

そうだ！　このコースには終盤辺りにアイテムなしで行けるショートカットがあったはず！

動画で見たことあるだけだし練習で試したこともないから初めてだけど、やらなければ下位がほぼ確定の場面。

どうせ背水の陣なんだから思い切ってしまえ！

「頭文字〇を見て鍛えたドライビングテクニックを見せてやる！」

「見るだけで実際に運転とかしてないのはご愛敬《あいきょう》」

「トゥ！　ヘァー！」

「あ、抜かれた」

やったやった！　成功したよみんなー！

：おお！

：ええやん！

：上位いけるか!?

：８８８

結局そのまま勢いに乗って私が3位、ましろんが4位でレースは終了となった。これにて配信も終了だ。

よぉーし！　次の配信までにもっとやりこんで、うまいプレイ見せて皆を驚かせるどー！

「おつかれーシュワちゃん、ちゃんと配信切れてる？」

「おつかれー！　例の事件以降そこだけはきちっとしてるから大丈夫だよ」

「今では例の事件でライバー全員に通じるの草だね。あっ、最後に報告なんだけど、ライブオンのライバー全体で歌動画一本作る話は聞いてる？」

「うん、マネージャーさんから聞いてるよ！」

「そかそか。あれね、そろそろ企画が本格的に動き出すみたいだよ」

「まじで⁉」

「その反応を見るに聞いてないみたいだね。多分近日中に話くると思うよ」

やばいな、楽しみすぎて寝れない日々が続かないように気を付けよう……。

皆の配信を見に行こう

「さてと、今日は配信でなにをしようかな」

私は基本夜に配信しているので、朝と昼の時間を使って配信のネタ出しとサムネイル作りをするのがルーティーンとなっている。現在も昼ご飯の後のお茶を飲みながら配信のネタを考え中だ。配信者とは言っても配信以外はずっと暇してるわけじゃないんだぞ！

うーん……最近オフコラボだったりゲームしたりで結構派手な配信が多かったから、少し緩い感じがいいかな。

そうだ！　正直最近忙しくなるにつれて個人的な推しの配信視聴が少々疎《おろそ》かになってた部分があるから、そこを有効活用してみよう！

「よい子の皆ー！　こんばんはー！　ストゼロのお姉さんのシュワちゃんだよ！」

：来た来た！

：こんばんはー！

：あ、酔っ払ってますねこれ（確信）

：初手から困惑させるのやめてくれｗｗｗ

：ＮＯＫが生み出した負の遺産

「今日はゲストもいないしゆる～く他のライバー達の配信でも見学しようと思うよー」

：ええやん！

：りょ

：正直こういうゆるいノリの配信がすこ

「勿論《もちろん》事前に許可は貰《もら》ってるから安心してねー！　さてさて、今は誰が配信してるかなー？」

配信サイトで検索をかけたところ、結構な人数が配信中のようだった。これで企画倒れにはならないから一安心だね。

「あ、光ちゃん配信やってるじゃん！　一番目は君に決めた！」

さてさて、配信内容は何をやってるのかなー？

えっと、『祭屋光は神絵師になりたーい！』とな？

察するに、どうやらペンタブを使ったお絵かき配信をしているみたいだな。でも珍しい、光ちゃんがお絵かきを前面に出した配信をするのは今まで見たことがないような気がする。

あ、でも前に通話した時に最近ましろんから絵の描き方を教わっているって話を聞いたことがあったな、それ繋《つな》がりか！

きっと絵の上達と共に配信で披露したくなったのだろう。よし、それなら同期の晴れ姿を見に行くとしますか！

配信画面を開くと、そこには光ちゃんが自分のアバターのイラストを描いている様子が映し出された、その絵はもう完成間近だ。画面端に出ている【描いたライバー一覧】の部分に準備運動中と書かれているので、まだ配信が始まって間もないようだな。

それにしても確かにうまく描けているなぁ。神絵師とかそういう次元の話では勿論ないが、光ちゃんらしいポップで明るくキュートなイラストに仕上がっている。

『……え、シュワちゃん来てるの⁉』

あ、どうやらコメント欄で教えた人がいるみたいで、私が見ていることがばれたようだ。

せっかくだしコメントもしちゃお！　えっと、
これでよし！

〈心音淡雪〉：イラストかわいい‼

『ほんと⁉　えへへ、準備運動でちょっと雑に描いちゃった部分があるから恥ずかしいな……でもありがとう！　そうだ、せっかく来てくれたし本番一発目はシュワちゃん描くね！』

まじで⁉　これは最高のタイミングで見に来られたのかもしれない！

せっせと新しいキャンバスを用意して構図を考え出す光ちゃん。これは胸が躍る。

『えっと、シュワちゃん見た目は大人っぽいからしなやかさと艶っぽさを意識してー』

描き始めてから約20分後、キャンパスには光ちゃんのテイストが乗った紛れもない私が生み出されていた。

「良《い》いね最高だね！　シコい！　自分自身がシコい！　自分の体で欲情して自分の体で発散させる、これぞ真のオナニストだと思わんか？　リスナーの皆も見習ってもろて」

おそらく配信のテンポも考えて短時間で描き上げたものだが、もう私は大満足で愉悦の限りを尽くしご満悦の体だ。でもどうやら光ちゃんはなにか納得がいっていないようで……。

『んー……悪くはないんだけど何かが足りないんだよなぁ……なんだろ？』

それだけ真剣に描いてくれているということなのだろう、嬉《うれ》しい限りだ。

そんなことを思っていた矢先のことだった――

『もっとシュワちゃんは破壊力があるイメージなんだよ……ん？　破壊力？　破壊力ってことはつまり強さ……この絵に足りないもの、それはもしかして強さ？』

あ、あれ？　なんか変なこと言い出してないこの子？　大丈夫これ？

『なるほど！　やっと大事なことに気づいたよ！　これじゃあまだ圧倒的に強さが足りない、これじゃあシュワちゃんに失礼だ』

「は？」

『強さと言えば筋肉だよね！　まずは腕に描き足しましてー』

「ちょ、なにしてんのおおぉ⁉」

いきなり私の腕が筋肉で五倍程度の太さに変わった。

『後は胸とかもこれじゃあ小さいかなぁ』

お、よかった、ようやく正気に戻ったかな?

『こんな感じでー』

「ちがうそれはおっぱいじゃなくて雄っぱいじゃー‼」

そんなことを繰り返しているうちに出来上がったものは、鋼鉄のような艶を放つ鍛え上げられた腕、見事に膨らんだはち切れそうな雄っぱい、ムチムチを通り越してガチガチな太ももを持つシュワちゃんらしきなにかだった。

『いい絵が描けたね!』

「これもう分かんねぇな」

:アーノルド・シュワちゃんネッガーやん!

:腕に足生やしてんのかい!

:ダビデ像びびってる、へいへいへい!

:背中に鬼の顔が宿ってそう
:すげぇ、ストゼロで鍛えた本物の肉体や
『ふう、一枚完成したからちょっと空気椅子崩しまーす。足が悲鳴を上げてるよ』

「はい？」

え、どういうこと？　今の今まで空気椅子していたってこと？

困惑した私だったが、光ちゃんの配信画面の端の方にこう書かれていることに気づいた。

【お絵かき中はずっと空気椅子！】

『でもこの悲鳴がまた光を成長させていくんだよ！　皆、見ていてくれ！　光は限界を超える！』

いや、なんのために？　それをして何を目指しているの？　答えを求めて考えに考えた私だったが、どうせどうせ理解できないので、

〈心音淡雪〉：最高の絵をありがとう！

そうコメントを送り――私は考えるのをやめた。

本当にライブオンにはとんでもねぇやつしかいねぇぜ！

「次は誰の配信を見に行こうかなー」

：性様やってる！

：ほんまや www

：性様希望
：元々配信予定なかったけどシュワちゃん来るから始めるってかたったーで言ってたで
：めっちゃウキウキで草
「ぬえぇぇ……」
：露骨に嫌そうな声出してて草
：なんだその声ｗ
：性様が来てほしそうな目でこっちを見てるぞ！
「だって性様だよ？　絶対ろくな配信してないど？」
：印象で草
：偏見だと言いたいが事実だからなんとも
：も、もしかするとシュワちゃんの為《ため》にとっておきの清楚《せいそ》な企画用意してるかもしれないよ！
：そうだよ！
：シュワちゃん口ではそんなこと言ってても本当は聖様のこと大好きなんだよなぁ
：ツンデレの辛口ストゼロすこ
：同期じゃないのにここまで仲いいの珍しいからな

「……分かった、じゃあ皆の言ってる通りまともな配信してると信じて聖様の配信見に行くよ！　私リスナーの皆のこと本当に信じてるから！」

いざ！　ぽちっとな！

『はい、というわけで聖様おすすめのエロゲ紹介いこうか、一本目はこのゴールデンラブリッチェというゲーム、このゲームはうわあああああ‼‼　理亜あああああ‼‼　いやあぁ‼‼　理亜理亜理亜理亜理亜ああ！　あはああありあああぁぁぁ』

ぶちっ

「さてさて、次は誰の配信を見に行こうかなー」

：大草原

：一瞬で配信閉じるな笑

：めっちゃ発狂してて草

：理亜ちゃんのことだからね、仕方ないね

：最後ガチで気持ち悪い声出してて最高に性様してた

：ゴールデンラブリッチェはいいぞ

「てかやっぱいつもの性様だったじゃん！」

いや私もこうなること分かってたけどね？　あの性様がまともなことするわけないもん

な、分かってたよ、うん。

でもまさか二コマ落ちみたいになるとは思わなんだ……。

：すいまそーりー

：許しは請《こ》わぬ

：もう一回だけ！

：俺からも頼む！

：先っちょだけでいいから！

「はいはい、分かってますよー。まぁ最初から見るつもりではあったんだけどね」

：やっぱりツンデレじゃないか！

：やっぱ好きなんすねぇ

：同族だからね

よし、再開しますかー。ぽっちっとなー。

『失礼、プレイしてた時の記憶が蘇《よみがえ》って取り乱してしまった。気を取り直して次のゲームはこのXチャンネルというゲーム、このゲームは』

「『うわあああ‼‼　太一いいぃいいやあああぁ‼‼　太一、たいちぃい！　友情は！　見返りを！　求めないいぁぁぁはぁん』」

：うるせえええ!!
：シュワちゃんもそろって発狂してて草草の草
：これは予想外だった、シュワちゃんもXチャンネルしってたんやな笑
：これ　は　ひ　ど　い
：近年稀《まれ》に見る大惨事
：てか意外とエロだけじゃなくてシナリオ系のゲームも好きなんやな聖様
：エロ系は熱く語りすぎてBANになるからと推測
『さてさて、三本目はこのソフト、抜きゲーみたいな村に住んでるまな板はどうすりゃいいですか、だ』
「あ？　なんだって？　ストゼロみたいな人をだめにする缶に依存してる酒カスVTuberはどうすりゃいいですかって言った？」
：お耳にストゼロキマッてますよ
：人をだめにするソファーみたいに言うなwww
：自覚してるのか……
：ほんとどうすりゃいいんやろなぁ……
：さ、最近はお酒の依存だいぶなくなったってかたったーで言ってたから！

：こうやってネタにできてるだけ安心した、本当にダメな人はネタにできない、ソースは俺
：上のニキ強く生きて……

『あれ、淡雪君来てくれたのかい⁉』

あ、流石《さすが》に見てるのばれたみたいだ。

ん⁉　しかもなんか性様から通話まで来てるじゃん！

「あ、もしもしー」

『もしもし淡雪君、会いたかったよ』

「会いたいんならエロゲの話なんかしないでくださいな」

『一部の生き物は腐ってるものとか臭いものに寄ってくるだろう？　つまりはそういうことだよ』

「もしかしなくてもバカにしてますよね！」

全くこの人は……。

でもよく考えるとかたったーとかではよく話してたけど、聖様とこうやって直接？　話すのは久しぶりかもしれないな。

ちょっと楽しみだったのは否定はしない、言わないけど。

「せっかく配信にまでお邪魔させてもらったわけですけど、何話します？」

『好きなエロゲのジャンルとかどうだい？』

「腹パンされたいんですか？　催眠系とか大好物ですな」

：おいwww
：答えるのかーい
：清楚キャラがよりによって催眠系とか……

：ですな（満足げ）

：シオンちゃんがいないと止まらねぇぞ……

『催眠系いいね、特に催眠を故意に解いたりして反応を楽しむのは最高だ』

「お？　私はずっと催眠状態なのを楽しむのが至高だと思うが？」

『は？』

「は？」

「『……は？』」

この後、お互いが満足するまで熱く好きなシチュエーションについてひたすらに語り合った。

お互いの心を完全に開いた状態、まさに言葉のノーガードボクシング。

そしてお互いが心の内を全てさらけ出した後は――

『新たな視点に気づけたかもしれない、ありがとう淡雪君。流石は私と並ぶ変態だ』

「性様こそ、名前に一切負けていない素晴らしいお手並みで！」

もっと仲良くなりました！

これが後々まで語り継がれることになる『性癖談義』である。

：あーもうむちゃくちゃだよ

聖様と高等なる談義を終えたところで、聖様はもう寝るらしく次のライバーを探すこととなった。

元々配信予定がなかったところを私の為に作ってくれたみたいだからね、ありがたい限りだよ。

ぶっ飛んでるけど面倒見がいいタイプなんだなって最近分かってきた。

まぁ変態だけど。

「あ、晴《はれる》先輩配信始めてる！　見に行こ！　んもう早く繋《つな》がれ！」

やったぜ、テンション上がってきた！

：晴先輩きた！　これで勝つる！
：性様とのリアクションの差に草草の草
：また混ぜるな危険な人が来てしまった
：まぁ変態と変態は惹《ひ》かれ合うからね、その性癖のさだめだよ
：ジ○ジョ0部かな？

配信のタイトルを見るにマジックバースの実況しているみたいだ。

マジックバースとは、最近流行《はや》りだしたデジタルの対戦カードゲームだ。現実のトレーディングカードゲームとよく似ており、膨大な種類のカードから四十枚のデッキを作り友達と対戦したり、デジタルの利点も生かして見ず知らずの人とネット対戦も行える。

私はやったことないけど有名だからルールだけ知ってるんだよね。

お、始まった始まった！

どうやら今回はネット対戦をしているようだな。

丁度次の対戦が始まるところだったので見学させてもらおう。

見学一試合目いくどー！

まずはお互いのプレイヤーに初手三枚のカードが配られる。

『……コスト10が二枚に9が一枚、なるほどねぇ……』

「あちゃー」

　このゲーム、ターン経過に合わせて使えるコストが増えていくルールになっており、序盤はコスト1、2、3辺りが重要になってくる。最大コストの10付近ばかりのこれは大事故の初手だ。

『このデッキコスト10は二枚、9は四枚しか入れてないはずなんだけどなぁ……まぁ三枚とも全マリガンでいこうね、焦《あせ》らない焦らない』

　そう、このゲームにはこんな事故に備えて初手を一度だけ引き直しできるマリガンという仕様がある、これで少しはましになって。

『三枚ともコスト9じゃねーかぁ‼　誰だ私のデッキに降順ソートのプログラム仕込んだやつはあああぁ‼（ダン！）』

　だめみたいですね。

　晴先輩渾身《こんしん》の台パンが披露されコメント欄に草が生い茂る。

『あ、テンション上がりすぎて机に手が当たっちゃった！　ハレルンいたーい……』

：確かに今のハレルンいたーい

：やめてやれよ（ｂ）

：サムズアップしてて草

：あっ、これが相対性理論ってやつかぁ
：そうだよ
：そうなの!?
案の定この対戦は序盤に相手に押し込まれて敗北。
まだまだこれから、見学二試合目行くどー！
今回はさっきと違って初手も普通だし、後半に入っても調子いいぞ。これはやったか？
『これは結構盤石なんじゃない？　あっ、でもメテオレインとか来るとかなりまずいか……いや流石に大丈夫でしょ、だって今の環境相手のデッキに一枚入るか入らないかだし、いけるいける』
うんうん、とりあえずこの勝負は貰《もら》って
『いやあああぁぁ‼　なんでこんな時に限って持ってるんだよおおおぉぉ‼（ダンダン‼‼）』
だめみたい ry
晴先輩渾身の台パン ry
『あ、ごめーん！　上の階に住んでるボディービルダーが愛用してる3・5トンバーベルが床を貫通して落ちてきちゃった！』

ダーッ
ダーッ

：トン……？

：とうとう赤の他人のせいにしはじめて草
：いや、ついさっき光ちゃんの配信でそれらしき人物生まれてたぞ
：アーノルドシュワちゃんネッガーはこれの伏線だった？

：シュワちゃん筋トレ自重して！

　なんか勝手に私のせいにされてるけど、気にせず見学三戦目いくどー！

『ちょ、ちょっと休憩してパック開けよ！　流れ変えないとだめだこれ。十パック分なら引けるから、一枚くらいならいいカード出るでしょ！』

　お、いいねいいね、流石にパックなら晴先輩でも、

『――ッ！（ダンダンダン‼‼‼）』

　だめ ry
　晴先輩 ry
「なにが起こってるんだこれは……」

：大惨事配信だ！

：本当に大惨事でしたね……

：シュワちゃん見に行く前からボロボロだったからなｗ

：最早《もはや》才能の領域、誰も真似《まね》できないほどのクソ雑魚《ざこ》
：モリンフェンかな？

「草、晴先輩って……面白！」

草生えすぎてどっかのリンゴ好きな死神みたいなこと言っちゃったよ。

ほんと神に愛されたとしか思えない人だ。

『あ、シュワッチ来てるの？　まじ？　それなら丁度いいや、机の蓄積ダメージが心配なので今日のマジックヴァースはこのくらいにして、最後はシュワッチをカードにして終わりにしたいと思います』

「はい？」

『心音淡雪：種族・ストゼロ：魔法カード【0に至る酒】をこのカードに使用したとき進化する。このカードは進化後【女性特攻】【傍若無人】【宇宙的恐怖】【生きる伝説】を取得する。カード解説：雌が好き。酒が好き。みんなが好き』

「なんか勝手にカードにされてるんですけど⁉」

：宇宙的恐怖は草
：生きる伝説も相まって某神話の生物みたいになってるやん
：まぁ神話の生物と言われても納得する自信ある

：クトゥルフと仲良くなれそう
：カード解説の内容なにげに好き
最後までどこまでも晴先輩らしい配信なのだった。
私も今日のところはこのくらいにしようかな。たまにはこんな感じの配信もいいよね！
それにしても晴先輩、聖様が言うには私に衝撃を受けたらしいけど、ネタにもしてくれたから少なくとも悪い印象を持っているとかではないみたいかな、本当によかった……。
私がここにいるのも、元をたどれば晴先輩に行きつく。つまりは恩人と言ってもいい。
早くお会いしたいな……。

第四章

ライブスタート

♪────♪（スマホの着信音）

「はいもしもし！」

「あ、こんにちは雪《ゆき》さん。鈴木ですけど今時間大丈夫です？」

「こんにちは、全然大丈夫ですよ」

「企画についての話になるんですけど」

「あ、もしかして例の歌コラボですか？」

「あ、そうですそうです。知ってたんですか？」

「ましろんから企画が動きだしそうとだけ……もしかして聞いたらまずかったですか？」

「いえいえ！　ライバー間でしたら問題ありませんよ！　多分ましろさんの方が収録が少

しだけ早いので企画説明の連絡も早かったんだと思います」

「え、収録って別々なんですか？」

「はい。スタジオで収録するので流石《さすが》に一度に全員はむりでした。少数に分けて収録ですね」

「なるほど、了解です」

ましろんとのコラボ配信の翌日、話の通り午後に鈴木さんから企画説明の電話が来た。

実は最初に企画を聞いた時からまだかまだかとうずうずしていたので、とうとうこの時が来たかといった心持ちだ。

ライブオンのライバー全員が集まる大規模コラボはこれが初めてだ、楽しみなのは勿論《もちろん》だがなにかへましないように気を引き締めないと。

「収録日程なんですけど、今週の金曜日午後3時からでどうでしょう？」

「全然大丈夫ですよ！」

うっかり今は収入があるのに「NEETなんで時間の融通だけは完璧です」とか言ってしまいそうになったのは内緒。

自分で言うのもなんだが成長したなぁ……。足掻《あが》き苦しんでいたあの頃も今では良《い》い思い出になったなと言える。

うん、私には辛《つら》い過去を乗り越えた自信が確かに存在している、だから今回のコラボもこの自信を忘れずに挑もう！

「それではその日時10分前に事務所に来てください、事務所から車でスタジオまで送ります。私スタジオの方で仕事があるのでちょっと運転手は誰になるか現状分からないですけど、社員のだれかが対応してくれるはずなので」

「はーい」

「あ、曲のデモ音源も送っておくので聞いてみてください」

「一日中リピートします！」

「ははっ、それでは当日はよろしくお願いしますね」

連絡事項も終わったのでこれにて電話は終了となった。

うん、二日酔いして歌えなかったりしたら最悪だから今日はお酒飲まないでおこう！

そして迎えた金曜日——

「あ、田中《たなか》さんですね！　すぐに担当の者を呼びますので少々お待ちください」

外で昼食を食べた後、約束通り事務所に到着した。しっかり予定の時間10分前だ。

今は受付のお姉さんに言われた通りちょっと緊張しながら運転手さんを待っていたのだが……。

「お待たせ、こんにちは淡雪《あわゆき》ちゃん！」

「え？」

受付のお姉さんが連れてきたのはきたのは小さな女の子だった。

「え、あの……」

「運転を担当する『最上日向《もがみひなた》』だよ、よろしくぅ！」

「えええ⁉」

運転って、この子が⁉

目の前の彼女の外見は身長も多分145㎝くらいだし、なにより顔だちが幼い。シオン先輩もかなり幼く感じたがその比にならないくらい童顔だ。

どう見ても中学生くらいにしか見えないのだが……。

戸惑いやら驚きやら色々な感情に襲われ、助けを求めて受付のお姉さんに視線を向けたのだが……。

「あはは、心配しなくても最上はちゃんと弊社の社員ですよ」

「ま、まじですか？」

「ちなみに雪さんよりも年上です」

「ええ⁉」

「えっへん！」

胸を張っているつもりなのだろうが、あまりにも平らな胸のせいで未《いま》だに本当のことか信じられない……。

だが社員さんが言うのなら間違いないはずなので、とりあえず車へ案内すべく先を歩く最上さんについていった。

「普通の軽の車でごめんね、もっとかっちょいいの用意できたなら良かったんだけど」

「い、いえいえ」

「タンクローリーとかね」

「私の思ってたかっちょいいと方向性が違う⁉」

さっきから翻弄されっぱなしの私とは正反対に、最上さんは楽しそうにしながらも手際《てぎわ》よく出発の準備を始める。

私も助手席に座りいざ出発したのだが、本当にこの人が運転しているという事実に頭の理解が未だ及ばず、じっと運転姿を凝視してしまう。

「私ね、こんななりだからたまにおまわりさんに本当に免許証持ってるのか疑われて車停められることがあるの」

「は、はぁ」

「だからもういっそのこと私の免許証をバカでかくプリントして車全体に貼り付けてやろうって思ったことあったんだけど流石にやめたよね」

「免許証の痛車⁉　個人情報駄々洩《も》れじゃないですか⁉」

「あとねー、もう免許取ってから結構経《た》つから初心者マークいらないんだけど、まぁ同じ理由で疑われるのね」

「あぁー、ありそうですね」

「だから一面に初心者マーク頑丈に貼り付けた痛車作っちゃったよ！」

「本当に作ったんですか⁉　そんな狂気じみたものを⁉」

「意外とかっちょよくて気に入ってたんだけど、これも乗った時あまりにも注目集めるし、そもそも私初心者じゃないのになんで全力で初心者アピールしてるんだろ？　ってなったから自重してやめちゃった」

「しかも気に入ってた上に実際に運転してる⁉」

な、なんなんだこの人⁉　ライブオンのライバーの中にもここまで思考がぶっ飛んでる人はいるかわからないぞ！

その後もたまに出てくる奇人エピソードに困惑させられながらも、運転自体は安全運転なうえに慣れている様子であっという間に目的地のスタジオまでたどり着いた。

助手席に座ってただけのはずなんだけど、なんかすごく疲れたな……。


「お、やほやほー！」

「ん？」

いざスタジオに着き車から降りた私たちを、一人の女性が出迎えてくれた。

青色に髪を染めて、私もそこまで詳しくはないが所謂《いわゆる》原宿系と思わしきファッションに身を包んでいる。私の対義語のような派手な装《よそお》いではあるが、恐らく同年代か少し年上くらいだろう。

一体だれだろう？　ここまで特徴的な人は一度会ったら簡単には忘れられないだろうから私とは初対面だと思うけど。

首を傾《かし》げる私とは対照的に、隣に居た最上さんは嬉《うれ》しそうな様子で女性に駆け寄っていった。

「リンリン！　まだ残ってたの？」

「うん、せっかくだから他の人の収録も傍《そば》から聞かせて貰《もら》おうと思ってね。だけど予定があるから残念だけどもう帰るよ」

「そかそか」

「ねえもがもが、そっちの女の子が例の？」

「そう！　ライブオンのデ〇オ・ブランドーこと淡雪ちゃんだよ！」

「酒！　飲まずにはいられないッ！」

「誰がデ〇オですか！」

なんか清楚《せいそ》モードだといじられキャラが定着してきたなーとか思いながらも、なんとなく今の二人の会話からこの女性の正体に察しがついた。

おそらくこの方もライブオンのライバーであり、もう収録が終わったので帰るところなのだろう。

そしてライバー名は――

「ほらリンリン、まずは自己紹介しないと」

「おっと失礼！　にゃにゃーん！　昼寝ネコマこと『鈴鳴凛《すずなりりん》』でーす！」

「初めまして、心音《こころね》淡雪こと田中雪です。やっぱりネコマ先輩でしたか。あ、スタジオでライバー名出すとまずいですか？」

「ううん、スタジオ周辺はライブオン関係者だけで厳重に固めてるから大丈夫だよ！　でも一応お外では小さめの声でね」

「了解です」

うん、この跳ねるような独特のイントネーションの喋《しゃべ》り方、まごうことなきネコマ先輩だ。

なんというか、聖様やシオン先輩の時も思ったけど、今まで雲の上の存在だった人が目の前にいるのって現実味がなくてすごく不思議な気分だ。

いずれは私も先輩側になる時が来たりするんだろうなぁ……。

「今ましろちゃんと光ちゃんの収録が丁度終わったところだよ」

「あ、そうなんですね」

「んじゃねー」

つまりこの後同期二人にも実際に会うことになるのか。

二人とも結構な回数コラボしてるけどオフで会うのは初めてだからたじたじになっちゃわないか心配だな……。

ネコマ先輩は結構急いでる様子だったので、ここでお別れとなった。

「よし、じゃあ淡雪ちゃん行くよ」

「はい！」

さて、とうとう最上さんの後ろにつき、スタジオの中に入る。

中では慌ただしく様々な人たちが機材や書類と向き合っていた。

ちゃんと鈴木さんの姿もあり、忙しそうにしながらも入ってきた私達に気づいて会釈《えしゃく》してくれた。

その中でも私の注意を最も惹《ひ》いたのは、周囲と違い一仕事終えたリラックスモードで帰宅の準備をしながら談笑している二人だ。

「おつかれ～！　緊張したね！」

「おつかれ様。堂々と歌ってたように見えたけど本当に緊張してたの？」

「本当だよ！　ましろちゃんはそつなくこなしてたねぇ」

「そう？　よかった、そう見えたなら安心したよ」

うん、あの二人がましろんと光ちゃんで間違いないようだ。おそらく私の前の収録がこの二人だったのだろう。

「ほら、行ってきなよ！」

「うわっ⁉」

どうしようか少し迷っていたところを最上さんに背中を強く押され、強制的に二人の前に立たされた。

「お？　どなた？」

「……もしかしてあわちゃん？」

「うん、初めまして……」

「おお！　リアル淡雪ちゃんだ！」

うおおぉぉなんだかむず痒《がゆ》い！

実際に会ったましろんは身長はアバター通り低いけどスレンダーなどこか儚《はかな》げな女性といった感じだった。

対して光《ひかり》ちゃんはもう一言でいえば『陽キャ』これしかでてこない。醸《かも》し出すオーラからしてすごくキラキラしている。

「ふっ、どうしたのあわちゃん？　そんな縮こまって？」

「いやぁ、二度目の初めましてって感じだからどんなテンションで話したらいいかわからなくて」

「ああ、確かにね。せっかくこうして実際に会ったんだから自己紹介でもしようか。ましろんこと『桜火白《さくらびはく》』だよ」

「祭屋光《まつりや》こと『佐々木夏海《ささきなつみ》』です！」

「心音淡雪こと田中雪です」

………。

「「ぷっ、あはははは っ‼」」

自己紹介の後、お互いをよく知ってる仲で自己紹介するというなんとも変な状況に三人揃《そろ》って噴き出してしまった。

うん、実際に声を聴いたらだいぶ違和感もなくなってきた気がする。もう大丈夫だ。

「せっかくだし話し合いたいけど、スタッフさんを待たせたらダメだからあわちゃん行っておいで」

「うん、そうだね」

「今度三人で話そうねー！」

二人とはそこで別れ、いよいよ私のパートの収録となる。

最初は鈴木さんと作曲家の人との三人で歌う箇所や歌い方などの指導から入った。

今回曲を作ってくれたのはアニソン界の超大御所の作曲家さんだ、ライブオン力入りすぎだろ……。

どうやら私が歌うのは1番のサビ前のようだ。

曲は何度も聞いてるからもう完全に頭に入っている、いざゆくぞ！

「ふぅ」

最初は緊張から声が震えてしまったが、なんとか収録を終えることができた。

『淡雪さんは』清楚な感じで歌ってねと指導の時に言われていたので、パワフルさは抑えて雰囲気重視の歌い方だったから新鮮だったな。

あ～、無事に終えた安心から体の力が抜ける抜ける、今の私はまるで軟体生物のように椅子にもたれかかっていた。

さて、そろそろ帰る準備するかな。

そういえば私の番は収録ソロだったな、なんでだろ？

「よし！　淡雪ちゃんの収録は終わったから次は私と一緒にシュワッチの収録いくよ！」

「は？」

耳を疑うような言葉が聞こえ、思わず猛スピードで声の方向に顔を向ける。

そこにはなぜか運転手のはずの最上さんが二つならべられた収録用マイクの片方の前に立ち、私を呼ぶ姿があった――

「えと……ん？」

状況が読めず頭がパンクしてしまう。

「ほら淡雪さん、収録しますよ」

「あ、鈴木さん、私の収録は終わったのでは？」

「確かに淡雪さんの収録は終わりましたね。なので次はシュワちゃんの収録なのです」

「は、はぁ⁉」

やっとスタッフさんたちの言っていたことを理解して思わず狼狽《うろた》えてしまう。

まさかこの人たち、淡雪とシュワちゃんを別人カウントで収録するつもりなのか⁉

まさかの私だけ二パート収録⁉　確かに別人みたいな感じでいつも配信していたが、こうなるとは予想外だった。

「で、でもほら！　お酒どうするんです？　流石《さすが》に私でもこんな仕事の場で飲むのは気が引けるというか……」

「その必要はないわ！」

「え？」

強い声でそう言い放ったのは私の頭を混乱させたもう一つの要因、最上さんだった。

そうだ、なんであの人もライブオンの社員さんのはずなのにマイクの前に立って……。

――ん？　ライブオンの社員……私は確かにそう最上さんを紹介された。

だがライブオンの社員だけとは言っていない――

つまりそれは彼女がライブオンの社員でありながら『VTuber』でもある可能性がある

ということ。そうであれば今彼女がマイクの前に立っていることに問題はない。

そしてそんな経歴を持つライバーがライブオンには一人だけ存在していて――

ま、まさか⁉

「ふはは！　やっと気づいたか淡雪ちゃん！　私がみんなの心の太陽、朝霧晴《あさぎりはれる》なのだ！」

「あれ、ライブオンの諸悪の根源じゃなかったですっけ？」

「こらスズキング！　出鼻をくじくな！」

ああ、なんで今まで気づかなかったのだろう。

この声、奇抜な言動、変わったニックネームで人を呼ぶところ、私が今まであこがれてきた人そのものではないか。

なるほど、やっと全て理解した。つまり私は今から憧れの晴先輩と二人で収録することになるのか。

ああまずい、緊張やら驚きやらで目の前がくらくらしてきた。

あれ？　この感じ、前に一度あったような……。

そう、確かあれはライブオンの面接のとき……。

「我が世の春が来た」

「ああ、懐《なつ》かしいですねこの感じ」

「そっか、スズキングは面接のとき以来なんだね、極限突破シュワちゃん。私は初めてだから楽しみだよ」

この解放感、頭がストゼロを飲んだ時よりも更にキマッているかもしれない。

「んんんぎもぢぃいいいぃぃ‼‼」

「全て計画通り」

「楽しそうですね日向さん」

「あたりまえだよスズキング！　私はなんとしても淡雪ちゃんとシュワッチ両方を収録したかった。だがむりやり酒を飲ませるなど人として論外だ。だから面接のときに淡雪ちゃんが酒を飲んでいないのにシュワちゃん化していた前例を参考にし、今回は私の存在を使うことでシュワッチを発現させたというわけだ」

「日向さん淡雪さんのことエヴ〇かなにかだと思ってません？　暴走的な意味で」

「照れるぜ」

「褒めてませんよ。あと、こんな回りくどいことするくらいなら最初から二パート収録すると淡雪さんに伝えておけばよかったのでは？」

「も～う、そんなこと言ったら全て台無しだよスズキング～、ほら、サプライズって大事じゃ～ん？」

「相変わらずですね」

それにしても晴先輩があんなに小柄なのは意外だった、そのインパクトが強くて全く正体に気が付かなかったよ。


「合法ロリ、それは神が創造した許されたタブーであり生きた奇跡、生命の神秘である」

「ほらシュワッチ、変なこと言ってないで収録始めるよ！」

「はーい！　ん？　ちょっとまて、声とはすなわち喉の振動、なので広い観点からみれば全ての発声も喉の振動ということになる。つまり歌声と喘《あえ》ぎ声は同じ……？　今から私は晴先輩と実質Ｓ〇Ｘすることになるのでは？」

「出たな、シュワッチ名物実質理論」


その後、最上さんが晴先輩だということが明らかになった時点でシュワちゃん化していた私が淡雪に戻った時、私は既に家に着いていた。

一応鈴木さんに連絡したところ、ちゃんと収録は終了したので問題ないとのこと。

詳しく話を聞いたところ、全て晴先輩の手の上で転がされていたようだ。なんというか、本当に予想の範疇《はんちゅう》を超える人だな。

ぜひまたお会いして話したいけど、また翻弄されそうだなぁ。でもシュワちゃんモードだとそれはそれでカオス空間な混ぜるな危険になりそうだしなぁ。
まぁそれは置いておいて、完成した歌動画がいよいよ配信されることになった。
曲名は『ライブスタート』
サビ前の淡雪の他に、シュワちゃんはCパートの晴先輩との掛け合いを担当したみたいで、そこだけ歌の迫力が違いすぎてコメントで、
::なんでこの二人歌でボクシングしてるの?
::声の殴り合いで草
::ここだけレベルが違いすぎるんですが
::シュワちゃんとあわちゃん別々なの草草の草
::流石ライブオン、期待を裏切らない
などツッコみの嵐だったようだが、動画自体は非常に人気であっという間に100万再生を突破する大成功となった。
ちなみに鈴木さんに聞いた話だと、本当に二人とも血眼で歌い合ってて普通に恐怖を感じたとのこと。なんか申し訳ない……。
まぁ終わりよければすべてよしと思うことにしよう。

エピローグ

私が例の事件からトップVTuberの道を駆け上がり始めてもう結構な月日が流れた。

あれだけ卑屈だった私が今では自分自身の個性を理解し、笑いに変え、多くの人に楽しんでもらえる配信を行えるようになった。

予期せぬ事態からの大逆転、本当に人生とは先が読めないものだ。

これも全て支えてくれた同期、先輩、ライブオンのスタッフさんたち、そして私の配信を楽しみにしてくれているリスナーさん達のおかげだ。

さて、なんでそんならしくもない感傷に浸っているのかというと、最近ライブオンが大ニュースを発表したからだ。


【ライブオン、VTuber四期生大募集‼

採用基準はただ一つ、『輝ける人』!

貴方《あなた》の最も輝く人生《ライブ》開始のスイッチをオンにしませんか？】

そして今日、新しくライブオンに加入する四期生発表の日である。

前々からいつかはこの時が来ると考えてはいた。

だが実際に知らされると心の躍動を感じずにはいられなかった。

とうとう私——先輩デビューですよ！

後輩ができるわけです、そりゃあ興奮もしますよ！

こんな私のことを、先輩と呼び慕ってくれる子ができるんですよ‼

……え？　慕ってくれるよね？　ストゼロ中毒の自称二重人格ガチ百合下ネタ大好き性祖女でも慕ってくれる子いるよね？

あ、これいねぇわ、絶対いねぇよううん。

だって自分でそんな人間に出会ったら真っ先に逃げるもん、歩く七つの大罪みたいなもんじゃん。

ぐすんっ、なんか自分で勝手に傷ついて心に大ダメージを負ったけど、気を取り直していこう。

なんといってもこれから大切な新メンバーの晴れ舞台なのだ、笑顔で迎えてあげたい。

発表方法は今からライブオンの公式サイトで一人10分のリレー自己紹介が行われることになっている。

ライバー総出で配信を見届けてやろうとライバー全員のグループチャットも大盛り上がりしているところだ。

なぜここまで盛り上がっているのかというと、実は社員も兼ねている晴先輩以外は四期生のメンツを一切知らないのだ。

三人ということ以外は名前すら伏せられている徹底具合で、一体どんな子が来るのかとみんなウキウキと想像を膨らませながら配信を待っているわけだ。

私も気になりすぎて前日から若干寝不足だ。

晴先輩は「ライブオンはやっぱこうじゃないとねってメンツを集めたよ」って言ってたから期待していいと思うんだが。

まぁ天下のライブオンだし心配ないっしょ！

……ちょっとまって？　そのライブオン私みたいなとんでもないゲテモノ三期生の時に採用してるよな？

……な、なんか途端に嫌な予感しかしなくなってきたぞ⁉

「あ、配信始まった‼」

もう余計なこと考えないようにしよう！

あ、ちなみに新メンバーが主役の為《ため》全員配信はお休みである。

さぁ、できることなら私を慕ってくれる子カモン‼

『ふぅ……あ！　もう始まったでありますか⁉』

画面いっぱいに移ったのはどこか軍服のような厨二《ちゅうに》チックのデザインの学校制服を着たピンク色のショートカットの少女だった。

頭の左サイドのみツーブロックを入れ、耳の後ろに髪を流しているためかわいいデザインの中にかっこよさも感じる。身長はたぶん普通くらいかな？

おほ――――（ ˘ω˘ ）これはキャラクターデザインがええ仕事してますなぁ！

恐らく深呼吸をしていたのだろう。盛大な吐息をマイクに直撃させてしまいわちゃわちゃと目が泳いでいる。

初々《ういうい》しいなぁ。懐かしい、私も最初は緊張で心拍数がえぐいことになってたのを思い出す。

『えっと、皆様初めまして、相馬有素《そうまありす》であります！　普段は大学生として学問を学びながら、レジスタンスという名前のアイドルグループで活動しているのであります！　この衣装もアイドル活動の時に着ているものでありますな』

：これはなかなか……
：ええやん！
：がんばってー！
：顔が良《い》い
：某軍曹みたいなしゃべりかたすこ
：アイドルなのか！　確かに今までいなかったな
：衣装を見るにクール系なアイドルなのかな？

おーコメントも盛り上がってるねぇ！

結構正統派な感じがしていいじゃん！　やっぱ嫌な予感とか杞憂《きゆう》だったね！

『さて、実はこの場を借りて一つ言いたいことがあるのであります。実はこれが私がVTuber になろうと思った理由でもありますな』

お？　なんだなんだ？　突然真剣な声になったからコメントもざわついてるぞ？

コメントの中にはレジスタンスっていうぐらいだからまさか先輩への宣戦布告か？　なんて言ってる人もいる。

う、嘘《うそ》だよね？　確かにやベーやつしかいないライブオンだけど反逆なんてしないよね？

『心音淡雪殿――』

「え？」

今私の名前言われた？

なんで？　なんで名指し⁉　まさか本当にライブオン屈指の変態として有名になってしまった私を目の敵にしてる感じ⁉

あああすみません許してくださいなんでもしますから！　ほら、ここに私の秘蔵の一品、今や販売終了となった伝説のストゼロトリプルレモン味で手を打とうではないか！

うわーん！　私はただ慕ってくれる後輩が欲しかっただけなのになんでこんなことに……。

『私を貴殿の女にしてもらえないでありますか？』

……ん？　今なんかとんでもないこと言わなかった？

あとがき

さて、本編を楽しんでいただけましたでしょうか？　著者の七斗七《ななとなな》です。

本作はＷＥＢ小説投稿サイト・ハーメルン様にて、２０２０年6月22日から投稿を始めたことが初出になっております。某有名VTuber事務所の五期生発表より少し前くらいですね。

現在はカクヨム様にも投稿をしております。

ここまで読んで下さった方でしたらどなたも思うことでしょうが、この小説は既存の小説群と比べるとかなり異質なジャンルと内容、書き方をしております。ここまで攻めに攻めた作風は類を見ないのではないでしょうか？

著者の私でさえ「あ、これ書籍化無理だわ」と察したほどの内容ですが、まさかのファンタジア文庫様からの打診連絡。思わず心の中で「ファンタジア・頭の中が・ファンタジア」と俳句を詠《よ》んだものです。書籍化を発表してここまで読者様から正気を疑われたのは私が初めてでしょう笑。

また、この小説に度々登場するカステラの多くやコメントの一部は実際にｗｅｂ上にて読者様から頂いたものが採用されております。

実際のVTuber達もリスナーさんに支えられて活動しているように、この小説も読者様という立場のリスナーさんに支えられてここまで続けてこられました。

もしよろしければ現在もハーメルン様の方でカステラ募集などしておりますので、お気軽に書き込んでくださると私も嬉《うれ》しいです。

尚《なお》、この小説は内容にも密接にかかわっているVTuberとストゼロへの多大なる愛とリスペクトで構成されております。今まで双方に触れることがなかった方もこれを機に一度手に取ってみられてはいかがでしょうか？

それでは、様々な機会に恵まれましたら2巻にて再びお会いできることを楽しみにしております。本作を手に取ってくださり、誠にありがとうございました！

七斗七

※本書は、カクヨムに掲載された「VTuberなんだが配信切り忘れたら伝説になってた。」を加筆修正したものです。

お便りはこちらまで

〒一〇二－八一七七
ファンタジア文庫編集部気付
七斗七（様）宛
塩かずのこ（様）宛

富士見ファンタジア文庫

VTuber《ブイチューバー》なんだが配信《はいしん》切《き》り忘《わす》れたら伝説《でんせつ》になってた

令和3年5月20日　初版発行
令和6年6月15日　12版発行

著者——七斗《ななと》 七《なな》

発行者——山下直久
発　行——株式会社KADOKAWA
〒102-8177
東京都千代田区富士見2-13-3
0570-002-301（ナビダイヤル）
印刷所——株式会社KADOKAWA
製本所——株式会社KADOKAWA

ISBN978-4-04-074111-6 C0193 ◆◇◇

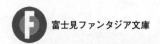

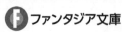

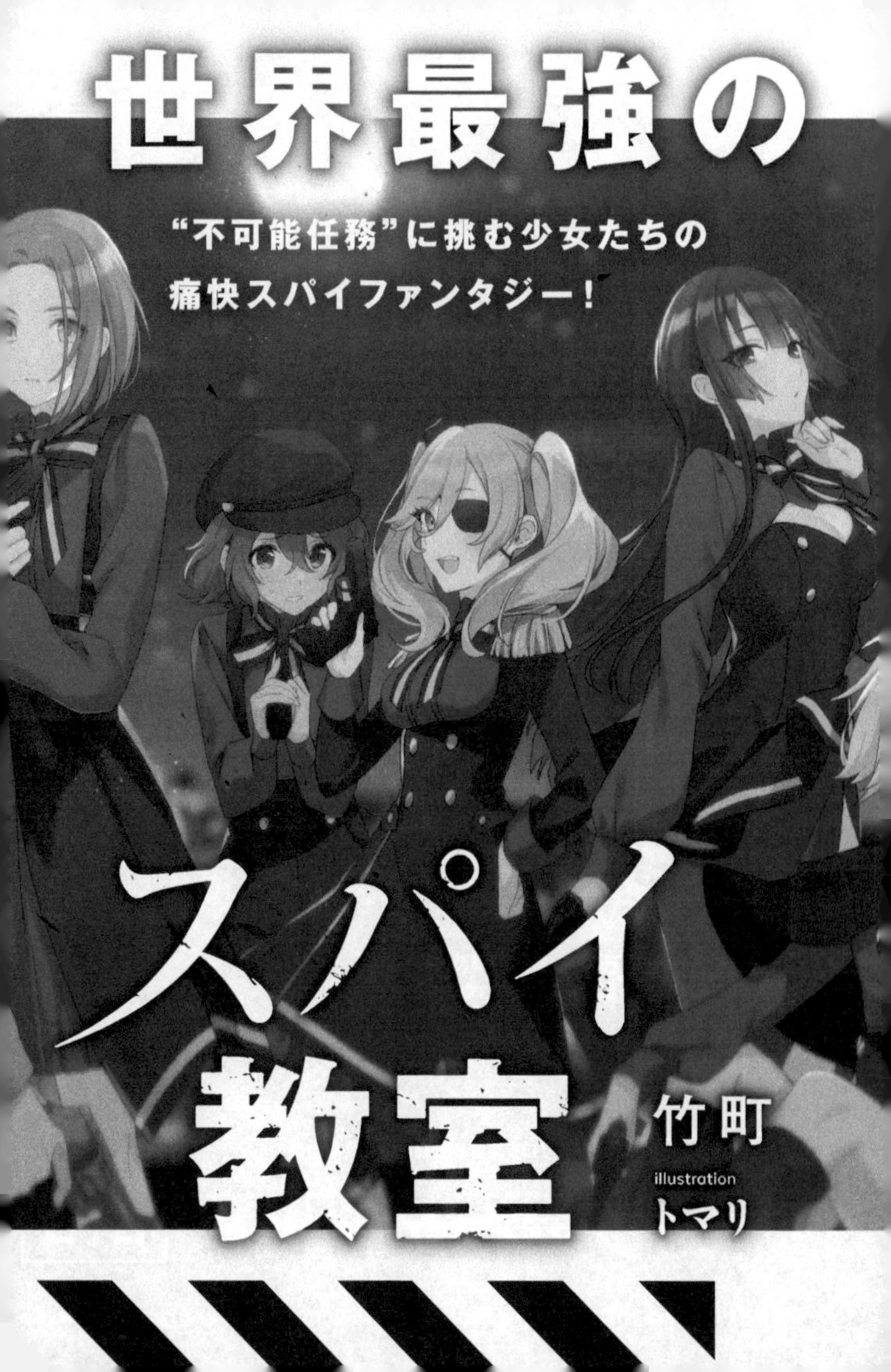
世界最強の
“不可能任務”に挑む少女たちの
痛快スパイファンタジー！
スパイ教室
竹町
illustration
トマリ